LA VALISE NOIRE À NOEUDS ROSES

Ce livre n'aurait vu le jour sans le soutien et les encouragements de mon premier lecteur, mon mari ... Rodrigue, qui n'a eu de cesse de se battre pour que je l'accouche enfin !

Merci aussi à Marine qui ne m'a pas laissé le choix de publier un jour - quand je serai prête - ce livre.

Merci à mes soutiens du premier jour :

Florence qui a relu jusqu'au dernier moment le manuscrit avec professionnalisme
Maman qui s'est passionnée pour l'histoire de ces personnages
Emmanuelle, l'écrivain de la famille et ses conseils
Et puis ceux qui m'ont encouragé quand il a fallu publier : Eddy A., Michel F., Yves D.., Christophe C., et Laurent H, qui m'a guidé lors d'une première lecture. Et pardon à ceux que j'oublie.

Merci à mes filles Salomé et Noa pour lesquelles je suis fière d'être allée au bout de cette aventure.

Et enfin, merci à la vie qui m'a soufflée le titre de ce livre.

Sandrine Mehrez-Kukurudz, née en 1967, a commencé sa carrière professionnelle par le journalisme radio avant d'entrer dans l'agence de communication CLM-BBDO France.

Elle fut ensuite recrutée comme Directrice de Création et Rédactrice chez RJK, par celui qui allait devenir son mari.

Depuis 21 ans, ils forment un duo complémentaire qui leur a permis de signer des événements d'exception tels que l'une des plus importantes audiences de l'année pour TF1 lors de la dernière éclipse du soleil du Millénaire ou la plus importante commémoration au monde en dehors de New York du 11 septembre 2001 à Paris, en 2011.

À New York, elle a produit Best of France à Time Square avec 500 000 visiteurs, les 70 ans de D-day en lâchant 1 million de pétales de roses au-dessus de la statue de la Liberté et travaille sur la promotion de la mode, de l'art ou du Champagne aux USA !

Maman de Salomé (20 ans) et Noa (16 ans), elle leur raconte chaque jour des histoires de famille.

Née de parents français, elle puise ses racines de l'Europe à l'orient, véritable cocktail d'influences les plus diverses, des rives de la méditerranéen égyptienne à celle d'Espagne, des villes froides de Pologne aux villages de Roumanie.

LA VALISE NOIRE À NOEUDS ROSES

New York

Laure se tient prête, engoncée dans son manteau de laine bleue. Le taxi ne va plus tarder et elle le guette du vingtième étage de son élégant appartement de l'Upper East Side. La grisaille s'est installée sur New York depuis déjà plusieurs jours, participant à la mélancolie de la septuagénaire.

Dans sa valise noire à gros nœuds roses toute une vie de souvenirs. Sa vie.

Ce voyage est bien la dernière chance de se réapproprier celle qui lui a été volée, amputée par l'histoire, la Grande. Celle des livres chargés de témoignages et celle d'une petite fille dont l'innocence a disparu bien trop tôt.

Le taxi stationne et s'annonce à l'accueil.

Dans l'immeuble chacun connait depuis si longtemps cette femme discrète qui ne manque jamais d'adresser un mot à chacun, de saluer un voisin, de complimenter le personnel.

Laure referme fébrilement la lourde porte derrière elle.

« Quand reviendrais-je » se demande-t-elle en pénétrant dans l'ascenseur.

Miami

À bord du taxi, frigorifiées par une climatisation trop forte, Patricia et Lina perdent patience. Claire n'en finit pas de défaire et refaire sa valise.

Dans quelques heures elles vont rejoindre Lou à New York, qui s'y est exilée quelques années plus tôt. À leur descente de l'avion Géraldine sera là, folle de joie. Ces femmes si différentes qui se sont liées d'amitié un jour de grande solitude à Miami, et que la vie a séparé, ont décidé de se retrouver après des années. L'idée de partager une semaine de vacances, évoquée du bout des lèvres, est vite devenue une béquille dans leur quotidien, un pansement à leurs incertitudes…Un fantasme réparateur des petites failles de vie.

Depuis qu'elles en ont pris la décision, chaque petit instant du quotidien prend une saveur particulière. Chaque vagabondage de l'esprit vers ces retrouvailles a pris une intensité particulière, une douceur agréable. Que de promesses d'allégresse à venir. Celles qui s'enfouissent dans les mémoires à la rubrique des souvenirs indélébiles. Dans quelques heures elles vont faire revivre la mémoire de ces années partagées sous l'hospitalier soleil de Floride.

Paris je t'aime

Lina n'est pas la plus belle mais porte en elle une gourmandise que les hommes sentent immanquablement. Alors le jour où son mari trouva un plaisir infini à fréquenter la voisine, elle fit ses valises dans l'heure et ne conserva de lui que leur unique enfant. Lina changea sa vision simpliste du couple et de l'amour. Elle partit à la chasse à la vie, aux plaisirs et aux portefeuilles épais des hommes qui croisent son chemin.

Elle a cette petite étoile dans les yeux qui rend l'homme plus beau, plus fort, plus intelligent et plus riche. Et ils aiment cela.
Lina a finalement épousé l'un d'eux, Alain. Il rentre parfaitement dans les cases.

Claire apparait enfin derrière les vitres de l'immeuble, traînant une incroyable valise boursoufflée d'hésitations.
Claire ne vit qu'au travers des autres. Cette jolie fille toute fragile est lasse de survivre. Son manque de confiance en elle, son peu de respect pour sa personne et un réel vide affectif la plongent dans une irrémédiable dépendance affective. Et plus elle recherche l'amour et plus elle se retrouve face à sa solitude.

Claire est arrivée au bout de ce qu'elle peut endurer. À chaque désillusion elle s'enfonce un peu plus dans le désarroi. Elle attend qu'une force surnaturelle vienne la surprendre dans cette vie sans ambition.

À New York, après avoir déposé sa valise à l'enregistrement, Lou embrasse avec émotion ses enfants et dépose sur les lèvres de son mari un baiser plein de tendresse, avant de les laisser s'en retourner à leur quotidien.

À Paris, Géraldine s'est retournée dans son lit toute la nuit sans réussir à trouver le sommeil. Sa nuit a été peuplée de retrouvailles. Ce matin la maison est pleine de vides. Tout y est devenu transparent. Tant ceux avec qui elle partage sa vie que les contours de son appartement.

Elle froisse ses draps en se retournant pour tenter de récupérer quelques heures de sommeil volées par ses souvenirs et les espoirs. Pourtant c'est elle qui n'a plus supporté cette expatriation, qui a eu raison de son couple. L'aube de la quarantaine a fait surgir les attentes inassouvies d'une conquérante bien décidée à ne pas passer à côté du bonheur. Pour cela il fallait effacer. Recommencer. Repartir et changer de cap.

Lou a un mari pour la vie et deux adolescentes en proie aux tourments de leur âge. Bethsabée fêtera bientôt ses dix-huit ans et menace un jour sur deux de quitter la maison pour vivre sa vie. Son mari, un californien rencontré sur les bancs de l'université à Paris, aime son travail qui le lui rend bien en le monopolisant plus que de raison.

En mille neuf cent quatre-vingt-dix-neuf, en quittant son poste de rédacteur dans une grande agence publicitaire parisienne, elle réalisait le rêve de vivre à Miami, au soleil, dans une ville encore neuve, aux promesses alléchantes. Elle permettait également à son mari de retrouver les saveurs d'un pays qu'il racontait avec nostalgie régulièrement.

En refermant la porte de son bureau, elle s'était promis de continuer de vivre de sa plume. Elle prendrait contact avec la presse, elle écrirait un livre… Pourquoi pas…depuis le temps qu'elle en avait envie. Après quelques années d'un quotidien qui ne laisse pas toujours la place aux rêves, ses projets sont restés au stade d'embryon.

Pour ne pas vieillir trop vite et avoir le temps de réaliser ses projets d'hier, elle a cherché un soir ce qui pourrait ralentir l'horloge. Et puis elle a décidé qu'il fallait de nouveau repartir vers l'aventure. Elle avait choisi New York, pour trouver dans l'énergie de la cité, une nouvelle motivation et l'espoir de se réaliser enfin. Son mari avait approuvé pour qu'elle soit enfin heureuse.

Patricia a fait le chemin inverse. Après cinq années à courir dans tous les sens sur le bitume New Yorkais, elle a eu besoin de s'enfuir pour se trouver.

Du haut de son impressionnant mètre quatre-vingt-deux, Patricia ne voit pas la vie avec la hauteur nécessaire. Pour cette grande rousse, la vie n'est pas simple.

Elle a quitté Paris, sa famille, son métier stressant, et pas mal de certitudes aussi.

La quarantaine passée, elle n'a rien réglé. Et certainement pas sa vie amoureuse puisqu'elle enchaîne les longues périodes de solitude aux courtes périodes d'amours. Sa meilleure décision a été d'ailleurs de pousser la porte du Docteur Benstein, au vingt-sixième étage d'un élégant building de Park Avenue. Ce jour-là, Patricia, comme le docteur Benstein ont décidé en toute conscience qu'ils allaient passer quelques années ensemble, chaque mardi de neuf à dix heures. Et ni l'un ni l'autre ne s'est finalement trompé.

Alexandre a été un intermède, arrivé trop tard dans sa vie. Après vingt ans d'errance, de solitude et de vieilles manies. Il a voulu changer cette vie rangée, dominée par les habitudes. Patricia a suivi un temps, séduite et amoureuse. Et puis elle a eu peur. Peur de ce financier intuitif qui parcourt le monde à longueur d'années, la laissant terriblement angoissée face à la vie. Trop de soirées passées seule devant son thé au gingembre. Alors elle l'a éliminé en créant des fossés. Et lui, a déposé les armes, en mettant fin à cette liaison, un matin, de retour de voyage. Patricia sut qu'il y eut une autre femme et Alexandre ne démentit pas.

New York

À New York, Laure et sa valise chargée d'histoire sont montées dans le taxi. Cette femme qui porte en elle les affres d'une histoire passée, s'apprête à faire le voyage qu'elle attend depuis soixante-dix ans.

En fermant la portière, elle n'imagine pas une seule seconde que ce voyage va l'entraîner bien plus loin qu'elle ne l'a l'imaginé et que son existence va prendre une tournure inespérée.

Le vol de Miami déverse ses passagers en masse à l'aéroport New Yorkais de JFK. Lou les attend pour poursuivre avec ses amies le voyage vers Paris.

Trois têtes si familières. Trois sourires si réconfortants. Lina est au pas de course ! Avec moins d'entrain Patricia et Claire témoignent que le réveil fut trop précoce, l'avion moyennement confortable et la nuit décevante.

« Quelle nuit …Je ne sais pas si c'est le tartare de thon ou le Céviche mais de toute évidence l'un des deux n'en finit pas de combattre avec mes intestins ». Claire affiche royalement un beau teint blanc cassé, hésitant à défaillir ou à rendre le dîner coincé entre deux organes vitaux.

Peu soucieuse des interférences gastriques de son amie, Patricia tente de régler son horloge interne. Patricia pour qui chaque matin est un combat. Chaque coucher aussi. Finalement Patricia n'est bien qu'entre neuf heures du matin et neuf heures du soir. Ce qui lui laisse douze bonnes heures pour remplir sa vie, son cerveau et son frigidaire.

« J'espère qu'on va pouvoir dormir quelques heures sur le New York – Paris ou je vais être obligée de commencer le séjour par une cure de sommeil »

Pendant que Lina égrène la longue liste des crises de jalousie d'Alain, l'avion pour Paris se dresse sur la piste, prêt à embarquer les destins et les vies de ces quelques centaines de voyageurs avides de rejoindre la vieille Europe.

Les lumières s'éteignent, les passagers s'assoupissent, le vol pour Paris est en route.
Lou sort son carnet de voyage et un stylo et tente de coucher quelques phrases. Juste pour voir. Juste pour se rendre compte de sa capacité à encore imaginer, réfléchir, écrire.

Patricia succombe à un somnifère. Claire et Lina se parlent sans s'écouter

Finalement l'avion se pose sur le tarmac et le ciel affiche un crachin de bienvenue inespéré.

« Je ne sais pas pourquoi je conserve l'espoir d'être un jour accueillie à Paris avec le soleil…Ça n'arrive jamais. C'est moi et ma chance légendaire de toute façon » marmonne Patricia

« La chance c'est comme le malheur. Ça ne se s'impose pas, ça se choisit », lance Lina en attrapant son dernier it-bag et en se précipitant vers la porte de sortie.

Il est dix heures du matin à Paris. Elles ont envie, dans l'ordre d'une douche, d'un café chaud, d'un croissant au beurre et d'une bonne sieste.

Sortie d'un catalogue de mode à l'heure où la ménagère de moins de cinquante ans rentre tout juste de la dépose de ses enfants à l'école, Géraldine resplendit ! Ses cris accompagnent sa large foulée vers le groupe des quatre filles, chaussée de talons vertigineux qui n'entravent en rien sa course.

Ni son débit de paroles d'ailleurs puisqu'elle déploie la liste de propositions les plus diverses du programme de la semaine face à une brochette de femmes en quête de leur valise. Lina, de son côté, vient d'établir la communication visuelle avec son mari. « Les filles faites un coucou à mon chéri. Voila mon amour. On file récupérer les bagages et je te rappelle dès que nous sommes installées » se justifiant d'être constamment obligée de rassurer un mari jaloux.

« Il m'espionne. Il n'a aucune confiance en moi ! Il s'imagine que je suis partie avec un grand blond dans les fjords finlandais. »

Son mari ne serait pas le premier de la liste à la trouver avec un grand blond finlandais partageant sa couche. Lina se défend toujours que c'est une réaction de femme délaissée, d'appel au secours d'un couple partant à la dérive…Il y a bien longtemps qu'elle ne convainc plus son auditoire.

Les passagers sont agglutinés autour du tapis roulant, prêts à sauter sur la première valise ressemblant de près ou de loin à la leur. Mieux vaut tester celle du voisin que voir la sienne partir avec le premier étranger venu.

Et chacun de vérifier si la valise noire, identique à tant d 'autres, est finalement la sienne.

« La mienne est noire avec de gros nœuds roses. Avant qu'un individu normalement constitué ait eu l'idée d'acheter la même sans se sentir ridicule. Je ne devrais pas avoir beaucoup de concurrence sur le tapis...Et la voilà ma valise ! » lâche Claire avec un ton légèrement présomptueux.

Le chemin vers Paris leur paraît une éternité.

« C'est peut-être la crise chez vous mais le parc automobile a encore décuplé si j'en juge l'état du trafic à onze heures du matin ». Patricia est finalement bien réveillée et regrette presque de n'avoir pas choisi l'option RER. Un choix auquel Lena a opposé un non catégorique, suivie par Géraldine et Lou.

Ça hurle. Ça klaxonne. Ça déboule de toutes parts. On est bien revenu à Paris.

Le départ pour Deauville est programmé pour le lendemain matin. Géraldine a sorti les matelas d'appoint, envoyé sa fille chez sa mère et son mari chez son meilleur copain. La maison est à elles !

« Ce soir on va manger du foie gras les filles ! Vous avez une semaine pour rattraper vos écarts culinaires et réhabituer vos papilles à de la vraie nourriture. Ne perdons pas de temps ! J'ai réservé pour 8 heures »

S'autoriser une sieste. C'est la pensée unique du moment.

S'autoriser une sieste, entrouvrir la valise et prendre une douche salvatrice.

« Merdeeeeeeeeeeeeeeeeeeeeeeeeeeeeeeeeee »

Un cri poussé avec une telle détresse coupe court à toutes les envies.

Toujours difficile d'estimer avec Claire l'ampleur des dégâts avant de les avoir constatés de visu.

Pourtant c'est d'un même élan qu'elles se précipitent dans la pièce d'à côté pour y découvrir Claire, assise en tailleur, devant sa valise pleinement ouverte sur la moquette.

Soigneusement pliées les affaires s'étalent sur toute la largeur, entre les nœuds roses de son décor. Une veste grise faites sur mesure en 1950, une chemise de nuit blanche avec un décolleté paré de dentelles de calais, des chaussons gris à petits talons bobines, une paire de chaussures de confort qui transformerait la plus jolie des top-modèles en syndicaliste de la première heure, et des photos. De vieilles photos et des piles de lettres soigneusement ficelées.

« Ce n'est pas ma valise les filles ! »

Non ce n'est assurément pas la valise de Claire et force est de constater que deux individus à priori normalement constitués ont fait le pari fou d'acheter une valise noire à gros nœuds roses.

Chacune d'elles scrute ce que la valise ouverte leur offre de mystères. Chacune d'elles secrètement aimerait aller plus loin. La vie intime d'une étrangère qui s'offre à elles crée soudain une excitation sans bornes.

« On va appeler Air France et faire l'échange. Ne t'inquiète pas. Tu n'es ni la première ni la dernière à qui ces choses-là arrivent ». Patricia, à peine ces quelques paroles prononcées referme dans un geste hâtif la valise et renvoie ses nœuds roses à une leur vie intime.

La valise trône là, au milieu des matelas de fortune et des autres valises noires normales.

Un silence s'installe. Il dure des heures. Un silence de quelques secondes qui parait être l'éternité nécessaire pour revenir sur la décision de Patricia.

« On n'est peut-être pas obligées de passer par Air France. C'est toujours tellement compliqué. ...Je suis sûre qu'on va trouver toutes les informations nécessaires en quelques minutes au milieu des affaires. »

Claire vient de clore le débat en trouvant l'argument premium pour justifier de se jeter goulûment sur le contenu de l'objet convoité.

On vide la valise à l'image de ce qu'elle offre : scrupuleusement, avec des gestes assurés, tout en retenue et de façon organisée.

Les vêtements à gauche, les accessoires à droite et au centre tous ces papiers, reflets d'une vie longtemps enfouie.

À priori rien d'évident ne vient étayer la thèse de Claire.
« C'est ridicule les filles. À part perdre du temps, on n'avancera pas en fouillant comme ça. »

Patricia s'avance alors pour reprendre en main le retour des affaires au milieu des nœuds roses de la valise. De la pile de photos s'échappe soudain une vieille épreuve jaunie. On y voit deux enfants aux joues rebondies et à la frimousse joyeuse. Paul et Laure, octobre 1942.

Octobre 1942… Soixante-dix ans…Ils devaient avoir entre trois et sept ans… sont-ils encore de ce monde ? Mais qui sont-ils ? … Quel rapport entre la petite fille espiègle de la photo et la dame à qui appartient cette valise ?

En l'espace de quelques secondes chacune d'elles a établi sa vérité. Chacune a fabulé une histoire, le roman d'une vie. Chacune d'elles s'est approprié cette histoire avec ses composantes propres. Lina penche pour un amour de jeunesse, quand Patricia évoque un ami disparu. Géraldine s'attarde sur la veste si magnifiquement rétro et se dit qu'elle se ferait bien couper un petit modèle années cinquante… Lou se dit que tout ceci pourrait constituer un bon début de roman.

Lina ose alors dénouer le lien qui retient les lettres. C'est Lina encore qui en retire une de la pile, au hasard de ses intuitions. C'est Lina qui en fait lecture à son public autour d'elle réuni.

« Mon cher Frère...

Voici trois mois que nous avons été séparés. Et je ne sais pas vers qui me tourner pour savoir ce que tu deviens. Madame Laugier, à qui a été confiée ma garde, me conseille d'envoyer ces lettres à la Croix-Rouge, puisque c'est elle qui nous a récupérés et divisés.

Du haut de mes 12 ans je ne suis pas vaillante. Je me sens si seule si tu savais. Où es-tu ?

Je pensais que la fin de la guerre nous réunirait, comme je pensais par miracle que papa et maman allaient revenir. D'où ? De l'enfer qui nous les a confisqués ou du paradis ou ils doivent reposer en paix...

Je t'aime Paul

Laure »

Il est de ces silences qui s'imposent. De ceux qui n'ont besoin ni d'une autorité extérieure ni d'une effusion de grands sentiments. Il est de ces silences qui marquent le respect. Celui qui règne dans la petite chambre du boulevard Bineau à Neuilly est de ceux-là.

« Je fais quoi ? Je continue ?

— Cela ne nous regarde pas Lina. C'est très gênant tous ces souvenirs intimes qui ne nous appartiennent pas », interrompt Claire en reprenant la vieille lettre jaunie des mains de Lina.

« D'un autre côté maintenant on sait. On sait et on ne sait pas à qui rendre tout ça », renchérit Géraldine qui a déjà pris une deuxième lettre de la pile.

« Mon cher Paul

Toujours rien. Rien si ce n'est ce silence qui me pèse chaque jour davantage. J'ai demandé à Madame Laugier de se renseigner auprès de la Croix-Rouge. Est-ce qu'elle l'a fait ou non… Elle m'assure que oui. C'est un peu confus parait-il, les registres n'ont pas été parfaitement tenus, mais Madame Laugier est confiante. On lui a dit que tu avais survécu à la guerre. J'ai du mal à comprendre comment ils savent ça et que ce que tu es devenu reste une inconnue. Alors j'attends. Chaque jour.
Madame Laugier est une gentille dame. Je vais à l'école à Montrouge. C'est de l'autre côté de Paris, à l'opposé de notre quartier. La vie est calme. Je m'ennuie et je rêve au jour où je te retrouverai enfin.

Je t'aime

Laure »

« La lecture de ces lettres ne nous avancera pas. C'est du voyeurisme. Essayons de trouver autre chose ».

Patricia ouvre une large enveloppe. Elle y trouve un plan, des coupures de presse, des bonnes adresses…et une carte de visite. Nicole Laugier, 12 avenue de la République. Montrouge.

« Nicole Laugier…Je sens qu'on tient la clef de notre problème. Il y a un numéro de portable. J'appelle. »

L'appel est bref. Nicole Laugier n'est pas spécialement sympathique mais confirme qu'elle attend effectivement sa sœur, qui tarde car elle vient de passer deux heures aux réclamations de Roissy à déclarer sa valise perdue. D'un ton sec, elle fait remarquer que nœuds roses ou pas, il serait quand même intelligent la prochaine fois d'étiqueter la valise. Sa sœur n'est plus jeune et se serait passée de cette fin de voyage difficile.

Géraldine est à deux doigts de lui demander ce que fait une vieille dame seule à l'arrivée d'un vol de neuf heures mais elle choisit de raccrocher et d'enfiler sa peau retournée.

« Où vas-tu » ? S'étonne Lina.

« Ben quoi ? !!!! Je vais rendre la valise… Plus on tarde plus on dégustera le foie gras avec retard ! »

En l'espace de trente secondes l'équipée se retrouve prête au départ, se tasse dans la Mini de Géraldine et file vers le Sud en direction de Montrouge.

Trente minutes et quelques sorties de périphérique plus tard, Nicole entrouvre la porte. Cette petite brune affiche les soixante printemps passés. Son accueil est à l'image de son corps : sec, noueux et tendu.

Elle fait entrer tout le monde tout en s'étonnant de cette importante délégation, s'en prend au chat sur son passage et ouvre d'un coup sec le double rideau du salon afin de faire entrer un jet de lumière dans la petite salle poussiéreuse.

« Je n'ai pas bien compris comment vous êtes arrivées là... Je veux dire... C'est Air France qui vous envoie ? »

La sonnette interrompt le calvaire naissant. Déjà il n'est pas facile d'avouer que la curiosité malsaine les a conduites à franchir ce salon, il est encore plus difficile de le faire face à ce juge fort peu enclin à la clémence.

Malgré tous les efforts et contorsions, elles n'arrivent pas à discerner convenablement la silhouette dans l'obscurité du couloir. Laure est là et une émotion impalpable s'empare de chacune. Claire pâlit comme à son habitude. Patricia raidit son mètre quatre-vingt-deux. Lina remonte la mèche de ses cheveux sur le haut du crâne. Lou et Géraldine se rapprochent, sûres d'être plus fortes à deux.

Laure est là et elles n'ont qu'une envie : la serrer fort dans leur bras.

« Nicole ! Ça fait tellement longtemps. » Laure embrasse son hôte avec sa chaleur naturelle.

« Rentre Laure, le chat va en profiter pour s'échapper sinon ». Nicole est là avec une froideur qui semble être sienne depuis toujours.

Et face à cette scène de retrouvailles familiales...Cinq femmes encore emmitouflées dans leurs manteaux cherchant à se fondre dans le papier peint et tentant de se rappeler comment toute cette galère a commencé.

« Ta valise est là… Ce sont ces jeunes femmes qui l'ont trouvée. Enfin qui ont confondu la tienne avec la leur. Ça, sans étiquette, c'est sûr qu'on peut se tromper. »

Le regard tendre de Laure se pose sur chacune d'elles. Et chacune d'entre elles ne se sent tout à coup pas à sa place.

Alors que Nicole a déjà rejoint sa cuisine, Laure s'assoit et leur fait face.

« Vous l'avez ouverte ?

— Bien, c'est-à-dire, nous l'avons entrouverte.

— Oui nous ne savions pas…nous pensions que c'était la nôtre.

— Nous avions tout de suite vu bien sûr que ce n'était pas la nôtre.

— Oui nous avons à peine regardé, ne vous inquiétez pas. »

Les phrases fusent, plus maladroites les unes que les autres et Laure s'en amuse. Loin de vouloir les interrompre elle prend un plaisir infime à voir ces cinq belles filles s'enfoncer dans des explications aléatoires.

« Je vais demander à Nicole de nous faire un peu de café et après je vous expliquerai pourquoi je pense que Paul est bien vivant et vit à Paris »

Moment de flottement dans le salon mal éclairé de Montrouge. Claire se promet d'acheter une valise noire en rentrant avec ses initiales en rouge. Lina se dit qu'elle n'a pas appelé son mari depuis deux heures et que le spectre du grand blond doit déjà hanter l'esprit tordu d'Alain. Lou pense que finalement elle aurait dû aller à la Fnac au lieu de suivre le groupe. Patricia rêve d'une sieste réparatrice et Géraldine se dit qu'elle a finalement réservé trop tôt le restaurant et la poêlé de foie gras.

« Nicole est ma demi-sœur comme vous l'avez certainement compris à la lecture de mes lettres.

— Nous n'avons lu que les deux premières, Madame », ne peut s'empêcher de se défendre Claire, renforçant du coup le malaise existant.

— Alors je vais devoir vous raconter la suite… Mais pas tout de suite. Au fil des jours. »

— Au fil des jours ? » vient de lâcher, désespérée, Patricia.

— Oui maintenant que vous avez goûté à mon secret vous allez m'aider.

— Avec plaisir mais nous partons demain matin pour Deauville. J'ai peur que ce soit un peu juste en terme d'organisation », coupe alors Lina qui commence déjà à se faner dans ce décor qui a dû rester immuable depuis mille-neuf-cent-quarante-deux.

« Vous partirez à Deauville plus tard. Le temps y est tellement morose que vous allez finir par vous entretuer. Vous savez comment ça se passe. On s'ennuie, on entame une discussion, elle tourne mal et on se fâche à vie... Moi je vous propose une aventure ! Celle de ma vie ! »

Prise de panique Lou l'interrompt brutalement : « c'est un peu compliqué Madame Laure. Nous ne nous sommes pas retrouvées ensemble depuis plusieurs années. La vie nous a séparées et nous vivons parfois à des milliers de kilomètres les unes des autres. »

— Et ben moi aussi la vie m'a séparée de l'être le plus cher à mon cœur et je vous propose de vivre ces retrouvailles avec moi. C'est quand même mieux que de la téléréalité non ? Si vous avez ouvert cette valise, si vous avez sans hésiter parcouru mon courrier et regardé mes photos c'est bien que la curiosité l'a emporté sur le reste. Sinon à cette heure-ci je serais déjà au comptoir d'Air France pour y reprendre ma valise. Moi je vous propose de continuer à vivre ce que vous avez commencé à découvrir.

— Ce n'est pas possible Madame. Nous avons nos vies. La vôtre n'est pas la nôtre. Ne le prenez pas mal mais nous avons déjà largement programmé cette grosse semaine et elle est importante pour nous » répond Patricia.

« Plus importante que soixante-dix ans d'un amour perdu ? »

Quitte à reprendre tout le programme de ce séjour autant commencer par son début : le foie gras. Géraldine y tient. Laure ou pas Laure, il faut se dépêcher pour ne pas perdre la réservation de huit heures. C'est comme ça qu'elle réussit à lever tout le monde en laissant Nicole dans la cuisine qu'elle n'a pas quittée de l'heure. Pas mécontentes de prendre une large bouffée d'oxygène en franchissant le palier, les filles doivent maintenant composer avec les nouvelles donnes de leur histoire.

Laure commande un tournedos Rossini. Le foie gras qu'elle trouve à New York ne rivalise pas avec la pièce de bœuf qu'elle a ce soir dans son assiette. Et puis au prix du foie gras aux États-Unis, elle hésite souvent à acheter un élevage d'oies, quitte à les faire vivre entre la baignoire et le balcon quelques années.

Et le diner se révèle passionnant. Laure leur raconte la disparition de ses parents un beau matin de juin quarante-deux, alors qu'ils sont à l'école. Elle ne les a pas retrouvés en rentrant. Elle et Paul les ont attendus. Longtemps. Jusqu'à ce que mademoiselle Tournier vienne gratter à leur porte à la nuit tombée.

— Mes pauvres petits enfants. Mes pauvres chéris gémit-elle en les plaquant fortement contre sa poitrine. Mes pauvres petits. Je ne sais quoi vous dire. Ils sont venus ce matin. Ils ont pris vos parents et ils sont partis. Ça a duré 3 minutes. Vos parents se sont défendus. Ils n'ont pas eu le choix. Vous comprenez ?

Pour Laure et Paul ce ne sont que des mots. Paul a six ans et Laure quatre. À part les soucis de Paul à la récréation avec son copain Antoine qui ne cesse de tricher pour lui piquer ses plus belles billes rien ne lui semble vraiment important. Laure joue avec le nœud de ses cheveux. Tout ça c'est très bien mais papa et maman rentrent quand exactement ?

Commence alors le long calvaire. La Croix-Rouge. Le pensionnat où la solitude et le malheur s'engouffrent dans chaque plinthe. Puis la séparation.

« C'est temporaire les enfants. On n'a pas de familles qui peuvent vous accueillir ensemble pour l'instant. Dès qu'on le peut on vous réunira. » Alors Laure et Paul se sont embrassés très fort. Laure a promis à Paul d'être forte et Paul a promis à Laure que tout ça ne durerait pas. Et ça a duré.

Laure fait une pause. Le décalage horaire et la longueur du voyage ont eu sa peau ce soir. Le restaurant s'est vidé et le patron ferme une à une les lumières de l'établissement poussant les dernières clientes à regagner leur lit, pour qu'il puisse faire de même.

Habituellement extrêmement bavardes, les cinq femmes ont été fort avares de paroles ce soir. Devant le récit de Laure, tous les soucis du quotidien se sont envolés. Alain a appelé furieux Lina six fois et Lina a fini par lui passer Laure : « tiens ! Tu veux voir à quoi ressemble mon grand suédois ? »

Ce qui ramène à chaque fois Patricia à penser que finalement son célibat a du bon et Géraldine se met à estimer le temps imparti avant la fin de l'histoire entre Lina et Alain.

Laure embrasse les jeunes femmes avant de rejoindre son taxi. Lina règle la course et elles regardent la Peugeot s'éloigner dans la nuit. Elles restent sur place un bon moment encore. Aucune d'elles ne désire être celle qui casse ce petit moment magique. La nuit est claire même si l'air est frais. Les voitures se font maintenant rares à cette heure tardive. Paris offre sa plus belle carte postale. Un sentiment de plénitude les envahit.

Finalement ce séjour, en marge de leur programme initial risque de mettre à jour des constats, des espoirs et un sens de la vie mis de côté.

L'aventure commence.

Deauville sur Seine

Neuilly, 8 heures du matin,

« On décide quoi ? »

Patricia se tient sur le pas de la porte, douchée, toute de noir vêtue, sa première tasse de café en main. Il n'est pas neuf heures et Patricia est déjà sur le pied de guerre, preuve que toute cette histoire l'a bouleversée.

« Comment ça on décide quoi ? » marmonne la blonde Géraldine, sexy à souhait dans sa mini chemise de nuit en dentelles

— On décide quoi là maintenant concrètement. On est censé prendre la route pour Deauville et à l'autre bout de Paris une petite femme de soixante-quinze ans attend de nous des miracles.

— Ah parce que tout cela n'est pas un rêve ? » Ose Claire qui ouvre péniblement l'œil gauche. « Je me suis réveillée ce matin en me disant que tout cela n'a jamais existé et que finalement mes rêves sont à l'image de mes espoirs : déraisonnables ! »

— Alors là tu vois je serais toi Claire, je la mettrai un peu en veilleuse ce matin ! Comment n'as-tu pas eu la présence d'esprit de vérifier ta valise avant de l'embarquer !

— Merci ! Comme d'habitude j'endosse les responsabilités ! De toutes façons, il y a longtemps que j'ai compris que je suis pour vous toutes l'écervelée du groupe ». Et Claire éclate brutalement en sanglots.

Non pas pour sa valise. Non pas à cause de Patricia. À cause de tout. À cause de ses trente-cinq ans d'errance. À cause de ses trente-cinq ans d'erreurs et à cause des prochaines trente-cinq années aléatoires.

« On a promis, on remet Deauville à dans quelques jours. À mon avis si Laure est à Paris, c'est qu'elle a le début d'un commencement de bonne piste ! On ne traverse pas l'Atlantique toute seule à son âge si on n'a pas de vraies raisons de le faire ».

La blonde a tranché, ce qui a eu son petit effet sur les autres. Fin de la conversation. Patricia retourne faire du café pour chacune. Lou s'étire au monde comme le lui avait appris son homéopathe un jour de grand stress, en commençant par chaque extrémité de son corps. Géraldine file sans perdre de temps dans la salle de bain se préparer. Chaque jour est un défilé. Et c'est dans les toilettes que Lina décide de se réfugier pour expliquer sans cris ni larmes son changement de programme :

« Je ne comprends pas tes angoisses, chéri. Tu devrais être heureux. Au lieu de batifoler entre le casino et les Voiles, je me retrouve à chasser un frère disparu depuis soixante-dix ans. Franchement si j'avais voulu devenir détective privé j'aurais choisi cette voie en pleine crise d'adolescence après avoir vu le quatre-cent-vingtième épisode des « Drôles de Dames ». »

Nicole vient de raccrocher. Elle a accueilli l'appel de Géraldine avec le même ton enjoué de la veille. Géraldine résume la situation :

« Rendez-vous au Zeyer. Ce n'est pas très loin de Montrouge et de mémoire le poisson est divin. »

Parce que Géraldine l'a promis, chaque repas en Douce France doit être une fête pour les papilles.

« Enfin le poisson à dix heures du matin, ça va faire juste » coupe Patricia.

« Croyez-moi, on en a au moins jusqu'au déjeuner » conclut Lou avant d'ajuster sa frange.

Et Laure arrive. Sa petite silhouette frêle et dynamique se dessine de l'autre côté de la place d'Alésia. Sa nouvelle équipe de travail lui a donné une énergie incroyable et décuplé ses forces face à cette nouvelle épreuve de la vie.

Elle sort de son grand sac, les lettres, les photos et documents que les filles ont commencé à découvrir… Par inadvertance.

Au milieu de ces précieux documents, se trouve un article de presse, soigneusement découpé et protégé par une chemise en plastique.

On y voit un homme affable, dirigeant à priori un colloque intitulé « mariage pour tous et éthique ». Vaste sujet pense Claire qui eut une brève aventure avec un homme qu'elle découvrit trop tard bisexuel et qui eut le luxe de se payer une aventure homosexuelle qui n'arrangea pas son problème d'ancrage amoureux.

« Paul Bloch ! c'est lui ! » Les yeux de Laure s'illuminent tout à coup d'une lueur particulière, comme éclairés soudain de l'intérieur.

« Comment ça c'est lui, Laure ? Vous avez quitté un garçonnet de six ans qui s'appelait Paul Marchelli et vous nous présentez un vieillard – enfin un homme d'âge mûr - qui se prénomme Paul Bloch. » Patricia perd patience, comme souvent, paralysée par sa pensée rationnelle et cartésienne. Aux antipodes de Patricia, Claire l'interrompt alors, émue aux larmes :

« C'est une très belle histoire Laure, mais il est vrai que Patricia soulève une vraie question : comment être sûr que ce monsieur est votre frère ?

— Parce que le temps n'efface rien. On reconnait son frère même soixante-dix ans après. »

Comme l'a prévu – avec justesse - Géraldine, le temps passe vite en si charmante compagnie. Lou commande des filets de rouget qu'elle savoure jusqu'à la dernière arrête, Claire délaisse subitement ses escargots car elle vient d'apprendre que ce qu'elle a dans l'assiette n'appartient pas au monde des poissons mais des limaces. Patricia, après avoir englouti son entrecôte, lance, un « je ne comprends pas cet appétit en ce moment », et finit la salade de gésiers de Géraldine.

Laure s'est contentée d'un thé et d'un Opéra. Un petit moment de douceur qu'elle savoure et qui aurait pu durer toute l'éternité.

Une fois les cafés avalés, on pousse les assiettes, sort le bloc et le stylo que Lou a acheté pour initialement écrire les premières lignes de son prochain roman à succès, et on se met à réfléchir, organiser et décider un plan d'action.

Patricia commande le sixième café de la journée car ce voyage l'a vraiment épuisée.

« Finalement ce n'est pas très compliqué. En tapant Paul Bloch sur Google avec l'intitulé de la conférence, on devrait avoir les coordonnées dans la journée. » Patricia a finalement retrouvé sa vivacité d'esprit et Lina en profite pour prendre une photo souvenir qu'elle s'empresse d'envoyer à Alain qui doit trouver le temps long sans elle.

« Laure, ce que je vous propose, c'est d'aller vous reposer. Nous allons rentrer chez Géraldine et commencer les recherches. Retrouvons-nous demain matin dans le quartier. »

Un coup d'œil furtif à Géraldine et Lou conclut : « je vous envoie dans l'après-midi l'adresse de notre rendez-vous de demain. Je pense que Géraldine a besoin de revoir la sélection du restaurant pour le déjeuner. »

En chemin Lou a une envie de macarons au chocolat. Ceux de Carette. Ceux de son adolescence où elle retrouvait chaque samedi ses amies des beaux quartiers dans ce mythique café de la place du Trocadéro. Jusqu'au jour où ses amies et elles s'aperçurent qu'elles n'avaient ni le même vécu, ni les mêmes aspirations, ni les mêmes contraintes de vie. Lou quitta alors la Rive Droite et retourna Rive Gauche, qui finalement lui allait comme un gant. D'ailleurs ce macaron, qu'elle avale aujourd'hui, est à l'image de son enfance…Plein d'illusions perdues. Il n'a ni le goût, ni la saveur, ni la texture de ceux qu'elle dévorait le samedi après-midi. Elle a beau se persuader que l'affaire a dû être revendue et les recettes mythiques disparues …Force est de constater que le macaron de son enfance a finalement un amer goût d'adulte.

Quelques kilomètres plus loin et deux petites heures plus tard, le troupeau s'affale sur les canapés moelleux de Géraldine.

« Tu as bien fait de faire tout blanc. Ça te rappelle Miami quand le ciel est gris…

— Tu as raison Claire… l'inconscient sans doute.

— Et ton teint made in Florida à l'année. C'est l'inconscient aussi ? » s'esclaffe Lina plongée dans le ELLE de la semaine.

Géraldine s'en moque bien. Géraldine aime les talons vertigineux de Guess, les petits hauts moulant et sexy de Marciano, les bijoux et les diamants, les fourrures, sa blondeur norvégienne et son teint halé. Et ça marche ! Les hommes se retournent sur son passage et les femmes doivent bien reconnaitre que pour une blonde elle a un sacré piquant.

« Bloch avec un c ou un K » ?

— Bloch avec un C comme crétine Claire !

— Non mais ça ne va pas ! Si ça ne vous va pas que je commence les recherches pendant que vous vous enfilez la boite de chocolats que je viens d'acheter, l'ordinateur est à vous... D'ailleurs je ne trouve rien. Enfin rien avec la génétique je ne sais quoi. »

Patricia se déplie et rejoint Claire devant l'ordinateur. Google a bien sorti plus de quatre-mille réponses sur le nom de Paul Bloch mais n'a rien associé au domaine de la génétique ni à celui du mariage pour tous. Encore moins à la combinaison des deux. Patricia éjecte Claire du siège passager et entreprend de tout reprendre à zéro. Claire retourne auprès de sa boite de chocolats pour constater qu'il ne reste plus que les fourrés aux fruits que personne n'aime.

Patricia se jette à corps perdu dans la recherche et n'entend pas Lina qui lui demande de pouvoir récupérer l'ordinateur dès qu'elle fera une pause. Alain doit s'impatienter de l'autre côté de l'Atlantique. Patricia tape, note, recommence et finalement opte pour lancer la recherche non pas à partir des sites internet mais à partir des photos en stock.

Ce choix judicieux permet, quoiqu'il en soit, de fédérer toutes les filles autour de l'ordinateur. Chacune d'elles y allant de son commentaire. Celui-là avait des yeux à tomber par terre et le brun là-bas avait un faux air de Georges Clooney. Lina tombe immédiatement amoureuse de la photo trente-six et Claire est ravagée à la vue du numéro cent-vingt-cinq qui est « copie conforme » d'Andrew. Crise d'angoisse en suspens.

Une fois les esprits reconnectés, on élimine tous les mâles en dessous de soixante-dix ans, ou du moins qui semblent l'être, tous les américains – qui représentent une majorité des Paul Bloch - et il en sort au final cinq visages.

« Pourquoi as-tu éliminé les américains ? » interroge Géraldine. « Sais-tu s'il n'a pas eu le même destin que Laure finalement ? S'il n'a pas traversé l'océan à un moment de sa vie ? »

On réintègre les américains ce qui oblige à désormais composer avec six pages de Paul Bloch.

Six pages de photos d'hommes aux cheveux blancs, d'âge mur, qui comme par hasard ressemblent de loin seulement à l'article découpé par Laure.

« Ça dérange quelqu'un si je passe chez Monoprix ? »
Un Ouuuiii tonitruant, émis à l'unisson fend alors le silence de la pièce. « Tu n'as pas été la dernière à accepter cette mission alors tu restes là ! On fonctionne désormais en unité de combat. On avance à la même allure et dans le même sens ! »

Lou, vaincue par K.O., se rassoit et range la liste des courses de Monoprix. Les Madeleines de Proust à ramener sans faute à New York : le chocolat Côte d'Or, les stylos Bic jaunes, l'eau démaquillante des stars, les œufs Kinder pour les enfants et elle a promis du déodorant Narta pour son copain Maxime.

« Dis-moi madame Monoprix,- toi qui es physionomiste, tu ne voudrais pas jeter un coup d'œil sur toutes ces photos. On fatigue. » Patricia quitte son siège pour étendre sa hauteur vertigineuse sur le sofa

Ils sont beaux tous ces hommes aux cheveux blancs. Beaux et fiers du haut de leurs sept décennies de vie, d'histoires et certainement de passions. Finalement vieillir c'est se bonifier pense

Lou en arrêtant son regard sur la photo douze. C'est lui ! C'est Paul… C'est le même regard…

Paul Bloch a édité plusieurs essais sur le sujet de la médecine et de l'éthique. Il a même participé à la rédaction de livres collectifs sur le sujet. On appelle la maison d'édition. Peu aimable et apparemment débordée, l'assistante promet de rappeler dans la journée.

Ce qu'elle fait dans l'heure. Oui, Paul Bloch est bien répertorié chez eux. Qu'elles envoient un courrier et elle fera suivre à l'intéressé. Et non, elle ne voit pas d'autres alternatives. Et non, elle n'a pas le temps de prolonger cette discussion. Il est cinq heures et si elle ne part pas dans les trente secondes elle loupera le train à Saint-Lazare qui la ramène comme chaque soir vers son pavillon de banlieue.

La conversation s'achève donc sur ce constat.

C'est devant une fondue savoyarde qu'elles se retrouvent le soir même.

« Quelle bonne idée Géraldine. Sauf que la prochaine fois tu éviteras les surprises, ça me permettra d'enfiler un jogging à la place dc ma robe Armani pour diner. Je pense que vu le taux élevé d'odeurs insoutenables, chaque fibre va en être imprégnée à vie. D'ailleurs je me demande même si je ne me précipite pas dès la première heure demain matin chez le coiffeur pour une boule à zéro salvatrice, qui éloignera à jamais les effluves. »

Lina est au bord de l'apoplexie. Ce qui n'empêche pas les autres de tremper goulument leur pain piqué dans le fromage qui frémit.

Claire de son côté boit plus qu'elle ne mange et finit par s'écrouler sur la table.

La soirée n'est pas des plus folles. Mais l'ambiance non plus. Ces recherches vaines ne sont pas de bon augure. Plus ça dure et plus leur départ pour Deauville s'en trouve reporté.

« Si on continue à ce rythme on va rentrer avec six kilos en trop, un teint digne des prisons de Jakarta et une fatigue qu'on mettra six mois à faire disparaitre. Et je ne parle pas des promesses de fous rires et de délires. Moi les filles je vous le dis, si Paul joue à cache-cache trop longtemps, je pars. Même seule, mais je file vers la mer grise de la côte Normande, son Livarot et son cidre brut ! » Pour Géraldine la vie est faite de priorités. Deauville en fait partie.

Si toutes sont en phase avec Géraldine, personne ne soutient officiellement sa mise en garde. Car ce soir au fond des yeux, elles ont toutes en image la silhouette d'une drôle de petite dame frêle, qui est venue les bras chargés d'un rêve fou, celui de retrouver son frère.

Saint Germain mon amour

« Bonjour mesdames

— Bonjour. Nous avons appelé hier. Nous devons retrouver de façon urgente Paul Bloch que vous avez édité. Un de ses parents est en situation médicale critique et il n'en est pas informé car ils se sont perdus de vue depuis des années.

— Je vous ai déjà dit hier que nous avons un règlement et que je ne peux rien faire.

— Et vous feriez quoi vous, si vous appreniez que votre sœur s'en est partie sans que vous ayez pu faire la paix ? »

Fière du morceau de papier qu'elle tient entre les mains, Lina rayonne. Un email… c'est la seule chose qu'elle a réussi à soutirer à l'acariâtre assistante mais c'est déjà tellement.

Paul.bloch@PaulBloch.com... Un poil mégalo le Paul ? On verra cela sous peu. L'urgence est à présent de contacter Paul, de rassembler les oisillons égarés depuis soixante-dix ans…et de rejoindre enfin Deauville.

« Bonjour Laure. Désolées de ce retard mais croyez-nous, il est annonciateur de bonnes nouvelles. Vous aimez cette crêperie ? »

Que Laure aime ou non la crêperie importe peu sauf à Géraldine qui a lu que les crêpes sont divines ici et le petit jardin si fleuri en cette saison.

« Enfin les jours de pluie, la salle communale qui leur sert de salle de restaurant est bien moins sympathique. Ils n'en parlent pas dans le guide ? » fait remarquer Lou après un tour rapide du propriétaire.

Le moral est en hausse en cette fin de matinée. Paul Bloch a été identifié, localisé… Le reste se réglera dans la journée. Du coup l'appétit est au beau fixe. Patricia recommande une seconde crêpe aux champignons et louche déjà sur celle de Claire qui ne se résigne pas à commencer la sienne. Toute cette histoire mélancolique à souhait tourmente Claire. Ce couple arrêté par passion qui fut certainement déporté ou fusillé. Tout cet amour volé, brisé, saccagé…Ces enfants meurtris par la vie…

Est-ce-que sa vie est aussi une incessante quête de l'amour ? C'est bien la question qu'elle a posée à son psy lors de leur première rencontre.

« Vous avez quand même un passé lourd de conséquences » lui a-t-il répondu après avoir écouté le long monologue de Claire qui a égrené une à une les histoires de ses parents puis les siennes. Le feuilleton du matin de France 2 a trouvé son maitre. En cas de démission des scénaristes, Claire peut largement assurer la suite des épisodes. Depuis elle se raconte. Elle en sort pleine de bonnes résolutions le mardi qui s'évanouissent dès le vendredi soir.

« Et si tu arrêtais de sortir un peu. Juste un mois pour voir, tente de temps en temps Patricia. Tu médites. Tu lis. Tu reprends ta vie en main !

— J'essaie, je te jure que j'essaie mais c'est très compliqué de dire non aux différentes sollicitations.

— Très difficile …Non ! Non, ça s'apprend crois-moi. »

Et non, c'est certainement le mot préféré de Patricia. Plus les années défilent et plus Patricia emploie le non à toutes les sauces. En se justifiant. J'ai passé l'âge de me voir m'imposer ma vie. Quitte à dire Non à tout. Ou presque. Et finalement Patricia a tellement la paix qu'elle s'est mise à entamer aussi une analyse. Il a fallu partir de plus loin, d'une histoire familiale à priori somme toute classique. Et plus elle creuse plus la normalité n'est finalement qu'une devise de vie.

En y réfléchissant bien, ce qu'elle a besoin de comprendre, c'est pourquoi les « nons » l'ont enfermée dans cette solitude. Car certains jours, entre neuf heures et vingt-et-une heures elle en crève. Certains soirs son mètre-quatre-vingt-deux se recroqueville au fond du lit pour dormir et oublier.

Les filles viennent de terminer la rédaction du courrier avec Laure. Car finalement comment annonce-t-on à un homme de soixante-seize ans que sa sœur est vivante et qu'elle sonnera dans quelques heures à sa porte. D'ailleurs l'a–t-il cherchée lui aussi ?

Sûrement ! Il lui a fait le serment d'être réunis très vite. Lui aussi a dû passer des années à fouiller les archives, les rapports et à espérer retrouver Laure.

C'est un peu mon histoire pense Lou, qui a appris à vingt-quatre ans l'existence d'une demi-sœur à l'autre bout du monde. Son père a eu une grande fille et une ex-femme quelque part et elle l'a appris au détour d'une conversation houleuse dans le bus 38 qui entamait la traversée du pont Saint-Michel.

C'est plus de dix ans après qu'elle rassemblera les souvenirs de son père malade. Les difficultés du couple, les fantômes qui hantaient son ex-femme orpheline et seule rescapée des camps de la mort, et ce jour de janvier ou il trouva l'appartement désert et les armoires vides. La police, Interpol …et la menace de la prison pour la mère de son enfant. Alors il l'a laissée partir de l'autre côté de l'Atlantique, chez elle, en pensant fort qu'il nouerait une relation différente à distance avec son enfant. Et elle a disparu. Pour de bon. Et il n'a jamais revu sa petite fille qui dansait sur ses épaules chaque matin en allant à l'école communale de Strasbourg.

Et puis son père s'en est allé. Et puis il a fallu rechercher l'enfant perdue de vue. Question d'héritage. Pourtant un jour où son père, affaibli par la maladie, semblait serein sur le balcon de l'appartement, elle lui a demandé. Elle voulait savoir s'il voulait qu'elle la retrouve pour lui. Il a dit oui, mais faiblement, sans conviction. Et puis il n'en a plus jamais parlé. Il a enterré de nouveau ses vieux dossiers, comme il l'avait fait pendant cinquante ans. Trop douloureux. Trop béants.

Alors Lou a réfléchi. Est-ce qu'on est capable de revoir son enfant devenu une femme mûre de cinquante-quatre ans quand on a loupé son enfance, ses premières boums, son mariage, la naissance de sa petite fille, ses amours, ses drames quotidiens, ses soucis professionnels et ses passions ?

Est-ce qu'on est capable de faire face à ça quand le cœur a déjà lâché et n'est plus vaillant pour longtemps ?

Qu'est-ce qu'on dit à cette femme ridée et marquée par la vie quand le dernier moment de tendresse remonte à ses quatre ans et demi ?

Alors Lou a refermé son cahier. Elle y a conservé son nom et sa date de naissance mais a juré qu'elle ne la retrouverait pas. Pas maintenant.

Il aura fallu deux ans, un notaire et une équipe de détectives pour finalement localiser cette sœur qui n'a jamais voulu en savoir plus. Enfermée dans une citadelle qu'a dû créer une mère sévère et dominatrice. Lou a toujours pensé qu'elle avait grandi avec un père déjà enterré depuis longtemps.

Pour l'heure la question est de savoir comment aborder Paul. Anticiper sa réaction lorsque Laure sonnera à sa porte dans quelques heures.

« Et si Paul n'est pas en bonne santé ?

— Comment ça si Paul n'est pas en bonne santé ?

— Et si Paul ne résiste pas au choc de cette rencontre ?

— On est missionné pour retrouver Paul. Le reste ne nous concerne pas » interrompt Patricia.

Objet : à propos de votre sœur Laure

Cher Paul

Nous sommes des amies de votre sœur Laure. Elle a passé sa vie à rechercher son grand frère et est finalement tombée sur un article parlant de vous. Toute sa vie, elle a interrogé la Croix-Rouge et les différentes administrations pour vous retrouver. Et j'imagine que vous avez été confronté aux mêmes barrages.

Nous l'avons aidée à vous retrouver.

Nous imaginons votre émotion à la lecture de cet email.

Laure vit à New York depuis de longues années et a traversé l'Atlantique pour enfin vous embrasser et réaliser le vieux rêve de vous serrer enfin contre elle.

Votre heure et le lieu de cette rencontre magique vous appartiennent. Elle attend de vos nouvelles avec une excitation sans limite.

Bien à vous

Claire, Géraldine, Lina, Lou et Patricia

« C'est envoyé. Je nous autorise une pause méritée. J'ai l'impression d'avoir gravi l'Everest après une bonne traversée de la Manche » souffle Géraldine.

« Et entre la Manche et l'Everest…tu as fait quoi ? » ironise Patricia.

« Des pâtes ! … Je veux des pâtes… J'ai un petit italien à Neuilly qui fait les meilleures pâtes du monde ! »

Elles décident de ne pas passer par la case salle de bain, même pas Géraldine. Elles quittent l'appartement en l'état, en jean, jogging pull confortable et tee-shirt trop lâche. Le maquillage fané, les cheveux indisciplinés et le teint cireux. Il faut lâcher la pression. Une pression que leur a imposée Laure et qui est devenue la leur au fil des jours. Ce n'est pas notre histoire fait remarquer Lina. Ce n'est pas notre histoire, nous prenons tout cela trop à cœur…Demain matin Paul aura répondu et nous, nous partirons à Deauville !

La nuit fut longue.
Pour toutes.
Dans l'appartement haussmannien de Neuilly, elles ont eu du mal à trouver le sommeil. Lou a tenté de respirer longuement par le ventre, Claire a cherché à s'échapper dans les bras imaginaires d'Andrew qui n'a pas quitté son esprit depuis que la photo d'un certain Paul Bloch a ravivé ses souvenirs. Seule Patricia a dormi sereinement. Finalement chez elle, l'habitude a pris le pas sur le reste. Qu'importe les soucis, les absences, les cogitations…son corps est formidablement programmé pour une petite dizaine d'heures de repos, ou d'oubli.

Lou est la première levée. Elle lance l'ordinateur. Ouvre la boite email. Et se recouche. Lina, réveillée par les alertes intempestives de messages reçus sur son téléphone voit du coin de l'œil l'écran, se lève, jette un regard furtif sur la boite de messages et se recouche. Patricia vient de se mettre en mode ON. Son premier réflexe est celui des copines mais après un constat décevant, rejoint la cuisine préparer le premier café de la journée.

« Il n'y a rien !

Pas de réponse…Rien ! » Se désespère la blonde qui a bondi de son lit pour lire la réponse de Paul.

Elles ne le savent que trop bien.

« Attendez ! ce Monsieur a plus de 70 ans. Il n'est certainement pas formaté comme notre génération à se jeter au saut du lit, sur son ordinateur. Laissons-lui du temps. Il est encore tôt et il ne regarde peut-être ses emails qu'une fois par jour…et encore ! » Claire donne sa chance au silence de la machine.

Laure patiente à Montrouge. Nicole est d'une compagnie ennuyante. Ce n'est pas d'aujourd'hui.

Quand elle est arrivée chez les Laugier à 4 ans, elle a été couvée de toutes les attentions. Les Laugier étaient des gens gentils et prévenants. Ce petit couple a traversé la guerre à l'abri et sans vagues. Comme la plupart des français. Contre la présence allemande, mais n'ayant jamais trouvé le courage de s'y opposer. Personne ne leur en a jamais voulu. René était comptable dans une usine de papier. Il partait le matin et revenait le soir. Hélène l'attendait et tentait de faire passer la guerre comme un mauvais moment qui ne durerait pas. Elle passait ses journées à guetter son retour en s'occupant. Elle tricotait avec les restes de pelotes qu'elle récupérait et faisait des vêtements chauds qu'elle apportait à la Croix-Rouge. De temps en temps, elle faisait tourner le volant de sa vieille machine à coudre. Quand elle trouvait un peu de tissu. Et elle confectionnait des choses simples qui servaient à ceux qui n'avaient rien. Avec les quelques courses qu'elle ramenait avec difficulté – comme tout le monde - elle s'attachait à préparer le repas du soir. C'était son vrai moment de fête quotidienne. René rentrait et se mettait à table avec elle. Alors ils parlaient. De son travail. De la guerre. De cette vie difficile… et des enfants qu'ils n'arrivaient pas à avoir.

René était patient. Il savait qu'elle lui donnerait un jour de beaux enfants. Il en avait parlé à la paroisse dimanche et tout le monde l'avait rassuré. Parfois il faut du temps. Surtout en temps de guerre. Le stress, la mauvaise alimentation, la peur du lendemain… Autant de facteurs qui bloquaient les ovaires l'avait assuré Monsieur le curé.

Hélène n'avait pas relevé. Si c'est le curé maintenant qui savait ce qui bloque les ovaires, alors ou allait-on.

René avait été élevé dans une famille pieuse. Hélène avec la montée du communisme. On évitait alors de parler de sujets qui fâchaient et on respectait l'autre chez les Laugier.
Un joli petit couple sans histoire qui vivait du temps qui passait…

Et puis un beau jour, Hélène réalisa que le temps passait trop vite. Elle vieillissait et ses ovaires responsables de son infortune aussi.

Un jour en allant remettre quelques tricots à la Croix-Rouge, elle aperçut ces petits orphelins. Ces boules de tendresse tristes, défilant en ligne serrée, pour rejoindre la grande cour.

Elle les a regardés un à un. Chacun de ces enfants était beau. Merveilleusement beau. L'espace d'un moment elle les aurait bien tous embrassés, serrés dans ses bras...

« Ces pauvres enfants... Que vont-ils devenir ? » S'inquiéta-t-elle auprès de son interlocutrice habituelle.

— On les place Madame Laugier. Au moins jusqu'à la fin de la guerre. Et après on verra. Beaucoup d'entre eux attendent encore le retour de leurs parents... C'est si triste... »

Cette après-midi-là, Hélène ne tricota pas, ne sortit pas sa machine et n'alla pas faire les quelques courses.

Cette après-midi-là, Hélène resta sur le banc du petit parc face à la maison. Elle avait pris sa décision.

Ce soir-là, le diner fut fugace. Rentrée en grandes enjambées de sa fugue, elle ouvrit les placards, éplucha quelques légumes et fit une soupe de fortune.

Ce soir-là René regarda son assiette avec inquiétude. Quelque chose ne tournait pas rond dans cette maison. Il prit peur. Hélène se sentait-elle bien ? Un drame était-il survenu dans la journée ? Hélène ne l'aimait plus….

« René, j'ai pris une décision. Enfin non, j'aimerais qu'on parle de quelque chose. »

René n'avait encore rien dit. Et il était bien décidé à ne pas interrompre Hélène.

« René, tu sais cette après-midi j'étais à la Croix-Rouge à Montparnasse. Et tu sais il y avait tous ces enfants seuls, sans parents, tristes. L'idée ce n'est pas de les adopter mais juste de s'occuper d'eux quelques mois, le temps que la guerre s'achève. À mon avis y'en a plus pour très longtemps. Une question de semaines, peut-être de quelques mois…

— Oui.

— Oui de quoi René ?

— Oui va chercher un petit enfant demain. »

La discussion s'était achevée comme elle avait commencé. Brutalement. Et le reste du repas fut d'un silence étourdissant. Seule la cuillère raclait le fond de l'assiette de soupe.

Ni Hélène, ni René ne savaient comment aborder la suite de cette conversation.

Toute la nuit Hélène s'est demandée si René avait dit oui pour lui faire plaisir ou s'il partageait sa volonté de faire le bien.

Quand René mis son feutre et son écharpe et s'apprêta à franchir le seuil de l'appartement, Hélène le retint.

« Pourquoi tu m'as dit oui René ?

— Parce que je t'aime Hélène. »

Et il partit. Il se retourna une dernière fois et lança à Hélène : « elle va être bien chez nous cette petite fille ».

Du coup, quand Hélène se présenta à madame Mercier comme tous les après-midi, elle savait ce qu'elle était venue chercher.

« Madame Mercier, ce que vous m'avez raconté hier sur ces enfants m'a bouleversée. J'en ai longuement parlé avec Monsieur Laugier hier soir et nous sommes prêts à accueillir une petite fille le temps qu'il le faudra.

— Une petite fille ? » sourit madame Laugier.

« C'est-à-dire que les petites filles sont plus sages. Elles travaillent mieux à l'école et font moins de bêtises. Alors vous savez, comme on n'a jamais eu d'enfants, on se dit qu'une petite fille c'est une plus sage décision. Et puis elle pourra m'aider un peu dans la maison et à la cuisine. »

Hélène n'avait jamais pensé au sexe de son enfant. Un enfant c'est tout ce qu'elle désirait plus que tout au monde. Un enfant en bonne santé.

Mais finalement c'est René qui s'est confié. C'est René qui dans le couloir sombre de l'appartement de la rue de la République, lui a avoué ses désirs d'enfant. Jusqu'à présent elle pensait que cela importait peu à son mari finalement et que sa vie lui convenait comme elle était. Mais non. René rêvait d'un enfant aussi. René rêvait d'une petite fille….

Laure se détacha du groupe et accompagna Madame Pila dans le bureau de Madame Mercier.

« Rentre Laure, assieds-toi ma chérie. Laure, j'ai une bonne nouvelle. Ce matin Madame Laugier qui fait tant pour vous, est venue me voir pour prendre chez elle une petite fille. J'ai pensé que tu serais heureuse de vivre chez elle. Avec Monsieur Laugier ce sont des gens formidables. Tu seras bien !

— Et Paul ?

— C'est compliqué Laure. C'est la guerre. Tu dois comprendre. Paul ira dans une autre famille. Mais ça ne va pas durer longtemps Laure… La guerre va bientôt finir.

— Et papa et maman… Ils rentrent quand ? »

Laure n'a pas pleuré. Elle a embrassé très fort son frère et l'a cru très fort aussi quand il a dit que dans quelques semaines ils seraient de nouveau ensemble.

Laure a pris sa valise et la main de Madame Mercier et s'est approchée de la gentille dame qui allait l'accueillir chez elle.

Paris fut libéré et la guerre finie. Laure avait accroché des petits drapeaux français aux fenêtres avec les Laugier et Hélène osa chanter l'Internationale devant René qui était tellement heureux qu'il l'aurait bien accompagnée dans son hymne.

La guerre était finie. Mais ni Paul, ni ses parents ne revinrent.

On ne lui parla pas non plus des papiers que signèrent les Laugier pour son adoption.

Quelques années après, le miracle eut lieu dans la maison. Hélène tomba enceinte. Le curé lui avait bien dit, se félicita René. Et vint au monde Nicole.

Nicole grandit avec l'amour de ses parents. Et l'amour de Laure.

Mais le cœur de Nicole restait hermétique à cet amour. Trop d'amour peut-être pensait-on dans l'entourage des Laugier. De la jalousie comme c'est souvent le cas dans les fratries. On parlait mais on ne savait rien.

Pourtant Madame Laugier multipliait les efforts pour que Nicole soit plus gaie et plus joyeuse. Et Laure se pliait en quatre pour faire de cette petite sœur une vraie complice. En vain.

Casablanca sur Seine

Paris, dans l'après-midi

Laure n'en peut plus d'attendre. Il est déjà presque trois heures et ses enquêtrices ne lui ont toujours pas donné de nouvelles aujourd'hui. Mais que fait Paul !

Les filles n'ont pas quitté Neuilly de la journée. Lou est enfin allée au Monoprix et a ramené sept sacs bouffis de marchandises. Puis elle a rejoint Patricia et Claire au marché pour dénicher les bonnes affaires de la semaine. Géraldine et Lina se sont réfugiées chez le coiffeur.

Elles ont mangé en terrasse chauffée chez Durant Dupont et s'apprêtent à vivre l'après-midi au même rythme que la matinée.

« Moi je propose qu'on lui écrive à nouveau

— Et pour quoi faire Claire ? » coupe Patricia. « Laissons-lui le temps d'ouvrir son ordinateur.

— Et s'il a fait une mauvaise manipulation ? Et s'il a effacé par erreur le message ?

— Et si le message est tout simplement parti dans ses emails non désirés ... »

Tout cela est possible. Et tout cela relève finalement d'un fol espoir que ce soit bien l'une des raisons de ce silence.

Objet : Votre sœur Laure cherche à vous revoir

Cher Monsieur Bloch

Peut-être n'avez-vous pas vu notre email d'hier. Nous nous permettons de vous le copier ci-dessous.

Nous vous joignons aussi une photo de groupe prise avant-hier. Vous y verrez Laure. Comme elle vous a vu sur cet article de presse. Avec les années en plus mais avec ce même amour qui ne vous a jamais quitté non plus, nous en sommes sûres.
À très vite.

PS : nous vous laissons un numéro de téléphone s'il est plus facile pour vous de nous joindre par ce biais. Si vous préférez avoir le téléphone de la demi-sœur de Laure chez qui elle habite actuellement, nous vous le communiquerons bien volontiers.

Au plaisir d'avoir de vos nouvelles.

Les choses sont dites. Les options de prise de contacts évoquées, Laure est rassurée. La soirée pizza et coucher tôt est votée. Le départ pour Deauville n'aura de nouveau pas lieu demain. Demain il va bien falloir comprendre pourquoi Paul reste silencieux.

Lou est réveillée dans la nuit. Bethsabée, sa fille ainée, a calculé le décalage horaire dans le mauvais sens. De toutes façons, elle doit lui parler d'urgence. Elle ne veut plus rester à New York et vient d'envisager, avec sa copine Clarissa, de s'inscrire dans une université californienne. Dévorée par une ardente envie de replonger dans son sommeil, Lou lui répond que ce n'est ni le moment, ni le lieu et qu'elles en discuteraient à son retour.

Bethsabée raccroche sans terminer ce dialogue, comme elle le fait régulièrement pour mettre fin à une conversation qui ne lui convient pas.

Le réveil de Lou est douloureux. Bethsabée a des envies de liberté, d'indépendance. Elle le sait. Son bébé n'a pas encore dix-huit ans. On ne part pas comme ça de chez soi sans motifs sérieux. Lou et Rob sont des parents sympas, compréhensifs et modernes, avec qui on peut discuter et trouver des terrains d'entente. Non, Bethsabée ne peut pas quitter la maison. Pas si vite. Pas déjà.

Re : Votre sœur Laure cherche à vous joindre

Mesdames

À la première lecture, j'ai pensé que c'était une erreur de destinataire et n'ai pas pris soin de vous répondre, je vous prie de m'en excuser.

Devant votre insistance, je me dois de vous informer que je ne suis pas la personne recherchée. Je n'ai jamais eu de sœur et suis enfant unique.

Il s'agit donc certainement d'une méprise.

Le temps crée les méprises....

Amicalement
Paul Bloch

C'est Lina qui découvre le message. À trois heures du matin elle se souvient soudainement qu'elle a oublié d'appeler Alain avant de se coucher. Et effectivement sa messagerie saturée confirme cet oubli.

En retournant se coucher, elle ne résiste pas à allumer l'ordinateur.

Comme elle ne peut résister à réveiller l'ensemble de la population de l'appartement, endormie.

On lit d'une seule voix l'email. On le relit de peur d'être passé à côté d'un élément contradictoire. Mais à chaque lecture la déception ne fait que s'amplifier.

« Laure a perdu la boule ! Elle a cru reconnaitre son frère dans une photo et nous, on a marché ! Que dis-je, on a couru ! » Lina est en colère contre elle et contre ses amies. Depuis deux jours Laure leur vole leurs moments de retrouvailles. Pour rien.

« C'est bien triste en tout cas. Qu'est-ce qu'on va dire à Laure » s'inquiète Claire. « Elle y a tellement cru, la pauvre…

— Je ne sais pas ce qu'on va dire à Laure, mais moi j'appelle la voisine de Deauville pour mettre le chauffage en route. On annonce un refroidissement. » C'est ainsi que Géraldine clôture cette première discussion du matin.

— Je vous dis que c'est Lui ! C'est Paul ! »

Laure est furieuse. À quoi Paul joue donc. C'est lui et ils le savent bien tous les deux !

« Laure, vous savez, avec les années la mémoire s'efface. Vous avez cru reconnaitre Paul parce que ce Paul-là ressemble certainement énormément à ce que le vôtre aurait pu devenir soixante-dix ans après…Mais ce n'est pas lui, Laure, il faut se rendre à l'évidence. » Patricia a adouci le timbre de sa voix. Cet échec lui en rappelle tellement d'autres plus personnels. Cette voie sans issue la ramène inévitablement vers ses propres doutes, ses failles….

« Laure, il faut rentrer chez vous. Reprendre l'enquête tranquillement. Vous avez pensé à engager un détective privé…un vrai ? » questionne Lina.

« En tout cas Laure, nous ne pouvons plus grand chose. Demain nous partirons à Deauville. Vous êtes la bienvenue si vous voulez prendre l'air frais de la Normandie. » Géraldine s'affaire sur son téléphone à la recherche de quelques photos de la maison familiale à lui montrer.

« Vous savez pourquoi je sais que c'est Paul ? » insiste Laure sans même jeter un œil aux photos de Géraldine. Elle interpelle alors un monsieur assis à une table voisine qui porte des lunettes de lecture.

« Cher Monsieur, peut-on vous emprunter quelques secondes vos lunettes ? Il y a un détail que j'aimerai montrer à mes amies. »

Et le détail, Laure le pointe de son index tremblotant. Sur l'avant-bras gauche de Paul, il y a un minuscule tatouage. Une petite abeille à peine perceptible. Sans l'ombre d'une hésitation, Laure relève alors la manche de son gilet bleu-roi et les dix yeux ahuris y découvrent une adorable petite abeille tatouée au même endroit que celle de Paul.

« Mais qu'est-ce que c'est que ça Laure ? On ne tatoue pas les enfants ? encore moins dans les années trente… »

— Je ne sais pas ce que c'est, ni pourquoi on le porte…Mais la réalité est là mes jolies. Paul et moi avons ce sceau depuis notre plus tendre enfance. Et Paul Bloch est mon Paul ! »

Face à une dose colossale d'émotion et de stupeur, Lina propose de commander.

Elle a choisi un bon restaurant marocain du dix-septième arrondissement ou le couscous est divin. Et prend sur elle de commander quatre « Royals » et quelques entrées à partager.

« Bon clairement Paul Bloch sait très bien qui il est et que nous le savons. Paul Bloch semble vouloir ignorer la vérité. Pourquoi ? C'est une autre histoire. Aujourd'hui nous devons trouver le moyen de rentrer en contact avec lui par un tiers. Sur un autre sujet. Il faut établir la liaison ! » Lou définit une stratégie en quelques secondes, qui n'a pourtant pas l'air de convenir complètement à Géraldine.

« Moi je veux bien tout essayer mais je ne vois vraiment pas comment poursuivre la prise de contact. De toute évidence ce Paul Bloch nie en bloc. »

Son petit jeu de mot n'amuse qu'elle, même si Claire esquisse un rictus de soutien.

« Surtout que si vous relisez la conclusion de sa lettre, il semble déterminé : *le temps crée les méprises.* Il y a quand même un message clair à notre intention. »

Depuis que Patricia est en thérapie, tout a toujours un sens caché. Et comme le dit si bien Jung, « La clarté ne naît pas de ce qu'on imagine le clair, mais de ce qu'on prend conscience de l'obscur".

« Le temps crée des méprises…Laure vous pensez que Paul a grandi avec une histoire différente de la vôtre ?

— Je ne sais pas Lou. Je ne sais pas. Mais il m'a clairement effacée de sa vie.

— Et bien moi je connais une méthode révolutionnaire qui aujourd'hui oblige chacun à se dévoiler. On va mettre une annonce sur nos murs Facebook. Un texte qui dirait en substance ceci : nous cherchons à prendre contact avec Paul Bloch, me contacter en messagerie privé. »

Tout le monde trouve l'idée judicieuse, à part Patricia, qui depuis toujours dénonce ce fascisme des temps modernes et cette intrusion constante dans la vie privée des gens.

Après dix minutes de tractation, Patricia accepte de créer un compte Facebook sans son nom complet, sans photo et en masquant l'ensemble de ses informations personnelles, ce qui fait dire à Géraldine

« Eh ben ! Si quelqu'un arrive à te retrouver, je vends toutes mes fourrures. »

Chacune prend le temps de mettre son message sur son mur respectif et chacune subit les commentaires les plus loufoques. Philippe demande à Lou ce qu'il y gagnerait. Amanda interroge Claire pour savoir si Paul Bloch est séduisant et Christine raconte à Lina qu'elle a bien connu un Paul Bloch pendant ses études à Los Angeles en 1995.

Patricia se prend au jeu et invite quelques connaissances inscrites sur Facebook et les rajoute. Elle se laisse convaincre aussi d'ajouter à l'initiale de son nom de famille les lettres manquantes.

Devant les remarques des uns et des autres, les filles décident d'ajouter une photo à l'annonce et de refaire leur post plus complet.

Montrouge après le périphérique

Laure est rentrée à Montrouge. Complètement abattue.

« Je vais rentrer Nicole. Paul m'a rayée de sa vie ».

Nicole débouche un petit vin sans saveur, amène deux verres à moutarde et vient s'assoir à côté de Laure. Les demi-sœurs n'ont jamais été spécialement proches.

Nicole n'a rien à reprocher à Laure. Laure s'est toujours comportée, d'abord comme une petite maman, puis comme une grande sœur protectrice. Mais Nicole a conscience d'être arrivée trop tard dans la vie des Laugier. Et pourtant combien lui ont raconté à quel point elle a été tant désirée et fantasmée pendant des années. On lui a maintes fois parlé des déceptions d'Hélène, chaque mois, de constater que ce n'était pas encore pour cette fois. On lui a décrit si souvent les sourires de René à chaque petite fille rigolote qui croisait son chemin.

Et puis d'autres lui racontèrent l'arrivée de Laure. Laure qui bouleversa leur vie. Laure qui fut aimée comme l'enfant unique. Laure qui était si drôle, si gaie, si intelligente et si bonne. Laure qui savait jouer de son sourire malicieux, de ses yeux expressifs et de sa beauté méditerranéenne.

Si bien que Nicole est née à la deuxième place. Cette place légitime de premier bébé enfanté dans les entrailles d'Hélène lui avait été ravie. Laure prenait toute la place et à force de vivre constamment dans son ombre, Nicole s'est fanée à cinq ans.

Cette après-midi-là, Nicole est bouleversée par le désarroi de Laure.

Pour la première fois, Laure baisse les bras, et dépose les armes. Laure vaincue. Laure à terre.

- « Ce n'est pas fini Laure. Il faut y croire. Cela fait cinquante ans que tu t'accroches à l'idée de retrouver un jour Paul… Je sais que ce n'est pas en vain.

- C'est gentil Nicole. J'apprécie que tu sois à mes côtés. C'est drôle. Tu ne l'as jamais été finalement quand j'en ai eu besoin.

Pendant des années, Laure a tout essayé. Les premiers mois elle s'est attachée à son bébé. Elle a aidé Hélène à la changer, à la nourrir, a passé des heures à la promener dans le parc d'en face et lui a chanté de belles berceuses pour qu'elle puisse trouver le sommeil.

En grandissant, Nicole appréciait de moins en moins la compagnie de Laure. Elle voulait jouer seule. Elle refusait que Laure l'emmène au cinéma du quartier. Plus tard tout ce qui venait de Laure retournait chez Laure. Cette robe qu'elle déclarait ne pas aimer. Ce livre qu'elle affirmait avoir lu. Cette attention qui l'étouffait disait-elle.

Alors Laure a respecté. Et quand Laure a connu toutes sortes de difficultés, Nicole a continué sa petite existence morne sans s'en soucier, en détournant la tête.

C'est finalement les décès de René d'abord et d'Hélène dans la foulée, qui les a rapprochées. Elles ne sont pas devenues amies. Mais elles ont estimé qu'elles avaient quelques part une perte commune dont elles souffraient au plus profond de leurs âmes.

Alors elles ont installé des rituels légers. Les cartes d'anniversaire et les vœux de bonne année. Les appels chaque début de trimestre. L'envoi de quelques photos et le partage des souvenirs des époux Laugier.

Laure est partie à l'autre bout du monde. Et Nicole a conservé le petit appartement de Montrouge auquel elle n'a apporté ni modernité ni touche personnelle. Tout est resté figé dans le temps. Immuable. Et elle vivait parfaitement avec les fantômes d'Hélène et de René.

« Tu m'as pris ma place Laure. Oh je sais bien que tu ne l'as pas souhaité. Mais ce statut de seconde je n'ai jamais pu y faire face.

— Je t'ai donné tout mon amour Nicole. Ce statut c'est toi qui en a décidé. »

Nicole ressert Laure. La discussion tire à sa fin. À quoi bon discuter. Elles savent très bien ce que l'une reproche à l'autre depuis si longtemps. Il est bien trop tard pour réparer. Il faut juste composer avec ce qu'il subsiste de cette relation.

C'est Géraldine qui prend l'initiative de jeter un œil sur les murs Facebook des filles.

Une certaine Jessica trouve que Paul Bloch ressemble étrangement à son père. Albert se croit drôle en répondant à Lou que ce n'est assurément pas un ancien joueur du PSG, il l'aurait reconnu...

« Patricia ? C'est qui Alexandre Legrand ?

— Mon ex pourquoi ?

— Parce qu'il vient de répondre sur ton mur... »

« Paul Bloch est mon père »
Géraldine le lit tel quel. Patricia tente de déchiffrer cette phrase primaire avec raison. Et toutes les autres se le repassent en boucle.
« Paul Bloch est mon père »

« C'est son sens de l'humour j'imagine ironise Géraldine.

— Ça doit être surtout une façon malhabile de reprendre contact avec moi. Ça lui ressemble tellement ! » s'énerve Patricia.

— Je lui réponds pour toi ? » s'amuse Géraldine.

— Tu n'effleures pas à une seule touche de ce clavier s'il te plait ! C'est mon Facebook, mon mur, mon ex et ma vie ! »

Et chacune de retourner vers les sofas, laissant Patricia seule, face à l'ordinateur, ses émotions, ses sentiments et ses souvenirs.

Patricia cherche le moyen d'envoyer un message privé à Alexandre et découvre les fonctionnalités de ce pays imaginaire, Facebook, classé sixième population active au monde.

« Bonsoir Alexandre.

Je vois que tu n'as pas mis longtemps à me retrouver. Le contraire m'eut étonné d'ailleurs. Vive Facebook. Par contre, vois-tu, mon sens de l'humour – comme tu l'as souvent expérimenté - étant limité, tu seras gentil de n'utiliser mon mur qu'en cas d'extrême nécessité ou pour m'annoncer de bonnes nouvelles. Par exemple pour me prévenir que tu quittes définitivement les États-Unis et ma vie. Je ne t'embrasse pas. »

« Ma chère Patricia.

Je te rassure, je n'ai jamais cru que tu avais un sens de l'humour particulièrement développé. Dieu merci, je t'ai aimée pour d'autres de tes qualités.

Paul Bloch est mon père biologique. Il ne m'a pas élevé et je l'ai depuis longtemps rangé dans un vieux carton du grenier. Je porte le nom du seul homme que j'appelle papa, le second mari de ma mère, qui s'occupe de moi et de mon devenir depuis mes deux ans.

Maintenant, je comprendrais très bien que tu ne veuilles plus entendre parler de moi, mais j'ai comme la vague impression que tu vas très vite revenir sur ton jugement.

Moi je t'embrasse »

Thés et chocolats chauds à la main, les filles trouvent l'attente interminable et attendent patiemment d'y voir plus clair dans ce nouveau rebondissement. Ne pas brusquer Patricia. La laisser venir à son rythme et selon sa bonne volonté…La dernière chose à faire avec la grande rousse est de lui donner l'impression qu'on tente de forcer son intimité.

Même quand celle-ci concernait avant tout les aventures extraordinaires d'une septuagénaire new yorkaise.

Mais dans l'heure passée, a surgi Alexandre Legrand. Et ce qui était public devient privé.

« Sans vous lire le contenu de son message qui ne regarde que moi... Et pour résumer, c'est bien son père officiel mais pas le père qui l'a élevé…

— Génial ! Mais tu te rends compte de la piste que nous tenons ! » se réjouit Claire… « Donc il va nous aider, prendre contact …Laure va être folle de joie.

— Si vous croyez que je vais m'abaisser à répondre à ce prétentieux, ce sale type qui s'est joué de moi toutes ces années….

— Patricia, je crois que tu vas gérer cela en deux phases distinctes : Tu vas en parler avec le Docteur Benstein au retour mais là tout de suite, tu vas ravaler ta fierté et lui demander de nous mettre en contact avec son père. »

Pour Patricia il en est bien évidemment hors de question. Ceci étant, si l'assemblée veut bien lui accorder quelques minutes de réflexion, elle peut se poser la question de savoir quelle conduite elle doit tenir face à toute cette affaire. Elle peut même exposer, à distance, les faits au Docteur Benstein comme elle le fait régulièrement entre deux séances en cas de coup dur et pour voir comment gérer la crise qui pointe. Et puis tout ceci n'est-il pas perte de temps finalement ? Le Docteur Bernstein doit être en phase de sommeil optimale de toute façon à cette heure-là. Patricia se remet devant le clavier et répond.

« *Alexandre,*

Saches que je ne poursuis pas cette conversation de gaité de cœur. Je m'étais jurée que je ne te laisserai jamais réapparaitre dans ma vie mais j'ai fait une promesse à une vieille dame, celle de l'aider à retrouver son frère. Et son frère c'est Paul Bloch. J'ai donc besoin de toi, même si j'ai un mal fou à te l'écrire.

Nous avons réussi à envoyer un email à ton père qui a démenti être celui qu'il est. Bref, nous avons besoin de toi pour lui faire entendre raison, même si la raison n'a jamais été ton fort.

Dis-moi comment tu veux-tu que l'on procède. »

« *Patricia.*
Ça va être compliqué. Laisse-moi y réfléchir…
Ton Alexandre »

Ce soir-là, Claire a appelé Laure. Elle a demandé aux filles de lui laisser le soin d'en parler à l'adorable vieille dame. Elle en avait besoin. Elle était retournée par le fil des événements et avait besoin de partager avec Laure cette émotion. Elle lui a raconté. Pas en détails mais de façon assez claire pour que l'espoir renaisse chez la septuagénaire.

Ce soir-là, Alexandre renouait avec ses vieux démons.

Paul Bloch n'est pas son père. Il le lui a répété clairement quand ce dernier a monnayé son amour et son précieux temps. Paul Bloch ne s'est pas occupé de lui, ne l'a pas soutenu, n'est pas venu l'encourager quand il disputait ses matchs de baseball le samedi après-midi. Paul Bloch n'était pas là pour sa remise de diplôme, ni à l'hôpital quand il s'est cassé la jambe à l'entrainement.

Celui qui a toujours été là, c'était Pierre Legrand. Ce grand gaillard affable a épousé sa mère quand il avait deux ans. Entre le petit garçon et le grand jeune homme, il y eut immédiatement une entente incroyable. Pierre a été très vite le meilleur copain d'Alexandre. Puis à cinq ans, Alexandre a estimé que c'est le seul père qu'il aurait désormais dans sa vie. Quand Pierre lui a demandé ce qui lui ferait plaisir pour son anniversaire, le petit garçon a répondu dans l'ordre : une nouvelle batte de baseball, son adoption par Pierre Legrand et le droit de l'appeler Papa.

Paul n'a jamais abandonné son fils. Il était juste pris dans les tourments de sa vie. Brillant chercheur et essayiste, il est devenu papa trop vite. Tombé amoureux d'une jolie blonde, il n'a pas anticipé qu'elle lui annoncerait à vingt-deux ans être enceinte. Le scandale familial passé, il a fallu les marier rapidement et annoncer la venue d'Alexandre avec trois mois d'avance et trois kilos deux sur la balance… Comme quoi certains prématurés naissent mieux lotis que d'autres, a-t-on estimé alors dans l'entourage proche.

Anne, la maman d'Alexandre et Paul ont alors pris le large. Pour échapper au voisinage trop bavard et à la famille moralisatrice.

Ils ont débarqué à New York un beau matin glacial. Paul a continué d'écrire, et a passé ses équivalences en s'assurant très vite la reconnaissance de ses pairs. Anne s'est très vite ennuyée. Fermement. Alexandre était sa raison de vivre mais cette ex-étudiante en philo n'a rien trouvé de passionnant à faire en cette terre étrangère.

Elle a bien donné de son temps à l'Alliance Française qui était alors dirigée par Pierre. Une occupation salvatrice. Trop peut-être. Entre Pierre et Anne, le courant est passé immédiatement. Gentil, attentif et curieux, il a accompagné Anne dans des discussions sans fin sur les pensées de ce monde.

Pendant ce temps Paul a parcouru le monde pour développer ses thèses et partir à la rencontre de son public, laissant Pierre prendre une place de choix dans la vie d'Anne. Et dans son cœur.

Et puis un jour Paul n'a pas appelé. Le lendemain non plus. Anne s'est inquiétée et Alexandre a réclamé son père. Paul n'a appelé que le surlendemain, pour savoir s'il n'avait pas laissé le petit livre à la couverture rouge sur son bureau.

« Ton livre est bien là Paul. Et ta valise. Tu pourras emmener les deux avec toi à ton retour. »

Paul espace alors les appels et les visites. De temps à autre il s'annonce, comme un conquérant revenu de batailles glorieuses. Il arrive les bras chargés et tente d'échanger avec son fils. Parfois Paul reste sur New York plusieurs semaines. Alors il prend le temps d'emmener le petit au parc ou l'emmène manger une glace. Pendant ces périodes-là, Alexandre reprend espoir que Paul peut revenir dans sa vie et qu'il puisse former une famille classique, à l'image de celle des copains de classe. Et puis Paul repart et disparait des mois entiers. Cet amour disparate au fil des saisons, Alexandre ne le supporte plus. Il en souffre trop. Finalement il a eu raison de demander à Pierre de l'adopter même si Paul n'en sait toujours rien.

« On ne va rien dire à ton père mon chéri. C'est mieux. On lui dira plus tard » lui a dit sa mère comme un grand secret d'adultes à conserver.

Le jour de ses quinze ans, Alexandre a rompu le secret. Quand son père l'a appelé de Hong Kong pour lui souhaiter son anniversaire avec quatre jours de retard.

« Même ça tu n'es plus capable de l'assurer. Même marquer ma date d'anniversaire dans ton agenda est devenu trop fastidieux pour toi. Tout l'amour de tes lecteurs vaut mieux que le mien finalement. Ça tombe bien je ne te considérais déjà plus comme mon père depuis longtemps. Je viens de mettre aujourd'hui un point final à toute controverse sur le sujet. D'ailleurs ça fait bien longtemps que tu n'es plus mon père. Mais tu es tellement occupé par ta vie que tu n'as même pas eu le loisir de t'en apercevoir. Mieux, d'y être confronté ! Je m'appelle Alexandre Legrand depuis déjà de longues années et je n'ai qu'un seul père, Pierre.

Ne cherche plus à me voir. »

Et il a raccroché puis débranché le fil du téléphone pour ne surtout pas se demander si son père allait rappeler… ou non.

« Ma très chère Patricia.

J'ai pensé et repensé à tout cela toute la nuit. Tu vois, même moi je peux de temps à autres n'être pas toujours futile.

J'ai rompu toute relation avec mon père et je pense qu'il l'a très bien accepté puisqu'il n'a jamais cherché à me revoir depuis. Ah si, de temps à autre, une petite carte sans intérêt d'un de ses voyages au bout du monde. Bref, même par amour pour toi je ne vois pas bien comment rentrer directement en contact avec lui. Par contre j'ai une idée. Je sais qu'il a eu, une dizaine d'années après ma naissance, une fille. J'imagine qu'elle a eu une mère aussi mais ça je n'en ai pas eu vent. C'est elle qui m'a contacté un jour pour me dire qui elle était. Elle avait l'air charmante. On s'est rencontrés dans un café. Elle était enjouée, spontanée et bien sympa. Un peu moi finalement ☺!

On a échangé de temps en temps, mais je n'ai jamais eu envie d'aller très loin. Me rapprocher d'elle, c'était me rapprocher de Paul. C'était comme s'il se servait d'elle pour me reconquérir. Et ça, il n'en était pas question.

Je vais la contacter. Je pense que c'est ta meilleure carte. Elle s'appelle Sophie Bloch.

Je t'embrasse et suis ravi que le sort m'ait placé de nouveau sur ton chemin.

Alex »

Alexandre,

Merci de tes efforts mais ne t'envole pas, rien n'a changé de mon côté.

Tiens-moi au courant.

Patricia

« Toi tu as toujours su parler aux hommes » s'amuse Lina qui vient de lire l'email, discrètement au-dessus de l'épaule de Patricia.

« Toi tu n'es pas très bien placée pour me donner quelque leçon que ce soit sur les hommes ma chère Lina.

— Moi je vis !

— Ah oui ? Et comment ? Dans l'illusion ? »

« Croissants chauds !!!!! »

Claire en franchissant le seuil de l'appartement les bras chargés, interrompt ce début d'échanges houleux et c'est bien mieux comme ça.

« Croissants au beurre, pains au chocolat, gourmandines, chouquettes... J'ai fait le plein...et j'ai déjà tout testé en chemin. »

— Je vois que l'appétit revient enfin » remarque Patricia encore passablement irritée.

— J'étais partie pour acheter une sélection de fortune et j'ai croisé sur le chemin un ancien copain d'école. Et franchement, la trentaine avancée lui va à ravir. On a discuté. Il est passionnant. Il m'a raconté un peu sa vie, son divorce…Quelle belle âme. Bref, du coup j'ai eu envie d'acheter toute la boulangerie, voire la boulangerie…et de l'embrasser mais chaque chose en son temps.

— Au secours ! Un problème de plus à gérer ! » Lou ne croit pas si bien dire.

Le parcours sentimental de Claire n'est qu'un cimetière d'histoires d'amour avortées. « Cette façon de t'offrir constamment » lui reproche inlassablement Patricia, intraitable en la matière. Oui, mais Claire a toujours l'impression que sans don de soi, elle ne vaut rien. Mignonne mais pas superbe, rigolote mais pas drôle, intéressante mais pas particulièrement savante, ce qu'elle réussit le mieux finalement c'est le don d'elle-même. Elle est bonne, toujours prête à aider Pierre, Paul ou Jacques et à finir dans leur lit.

Le don de soi commence par un coup de foudre et s'achève dans une soumission physique et intellectuelle complète.

Elle veut tellement croire à l'histoire du moment, qu'elle l'a décrétée histoire-qui-se-finit- à-la-mairie après quarante-huit heures de galipettes et de petits mots doux susurrés.

Sa mère a lâché prise depuis longtemps. Cette féministe de la première heure a capitulé après le premier drame sentimental de sa fille et refuse de connaitre les suivants.

« Je ne veux pas être complice de ton comportement » tranche-t-elle. Pourtant certains soirs elle sent bien que sa fille perd pied, mais elle ne peut pas l'écouter. L'écouter, c'est encourager ses comportements d'un temps révolu. Elle ne s'est pas battue aux côtés de Gisèle Halimi ou Simone Veil pour vivre ça. Qu'a-t-elle manqué dans son éducation ? Comment elle, proche des féministes les plus en vue, a-t-elle pu engendrer un être si soumis à la gente masculine. On dit que les chiens ne font pas des chats, mais elle, c'est un hamster qu'elle a fait. Un truc à mille lieues d'elle. Un problème d'étiquetage en couveuse pense-elle parfois avant de se dire qu'elle est bien dure et qu'elle aime par-dessus tout sa fille de toute son âme.

Claire d'ailleurs a bien conscience de ce fossé. Elle ne se confie jamais à sa mère. À quoi bon. À chaque fois qu'elle tente la confession, elle déclenche les foudres militantes de sa génitrice.

« Mais comment peux-tu avoir si peu d'estime de toi ? Ce ne sont quand même pas ces valeurs destructrices que je t'ai transmises ? » s'énerve Claudia.

Mais Claudia n'a finalement pas transmis grand-chose.
Après avoir fichu à la porte le père de sa fille trois mois après la naissance de l'enfant, elle vit pour ses combats. Elle dépose Claire à la crèche du quartier dès qu'elle le peut pour vivre sa vie de femme. Elle milite, elle écrit, elle court à droite et à gauche pour soutenir les femmes en détresse et les causes les plus perdues. Aux droits de la femme, s'ajoutent bientôt la maltraitance des animaux, la sauvegarde de la planète et la famine dans le monde. Entre temps

Claire tente de pousser sans engrais. Cette mère absente l'enferme dans des angoisses insurmontables.

« Elle est rigolote ta mère », lui lancent ses petites amies en primaire.

« Elle est géniale Claudia » entend- t-elle plus tard au lycée.

Il faut bien avouer que sa mère est un vrai produit marketing réussi. Elle n'est pas belle mais volcanique, elle n'est pas sympa mais sensationnelle, elle n'est pas intéressante mais tout simplement extraordinaire. Quand elle croise les copains de Claire au détour d'une halte dans l'appartement, elle pose ses sacs et discute avec eux des heures. Elle leur démontre comment repenser le monde et prendre part à cette reconquête. Elle leur explique qu'on ne peut pas vivre pour soi en éliminant le reste de la planète et que se battre pour des valeurs humanistes est finalement le sens de toute vie humaine sur cette terre. Et les copains sont subjugués. Et Claire attend patiemment que Claudia finisse son show.

Alors Claire est partie chercher l'amour ailleurs. Chez ses amies et chez les hommes. Les uns comme les autres jouent de sa vulnérabilité. Plus Claire en fait les frais et plus elle s'enfonce dans une dépression latente. C'est pour cela qu'un matin elle a pris sa valise et réveillé sa mère.

« Je m'en vais Maman.

— À ce soir chérie.

— Non, je m'en vais vraiment Maman. Je prends un petit appart avec Sandra.

— Mais c'est génial ! Appelles-moi tout à l'heure, je viendrais y faire un tour. »

C'est génial. C'est bien la dernière chose que Claire désire entendre en quittant l'appartement qui l'a vue pousser depuis son plus jeune âge. Mais Claudia pense sincèrement que c'est formidable qu'elle aille cohabiter avec Sandra.

Quand quarante ans plus tôt, Claudia est partie du domicile familial, ce fut un drame. Elle a été à deux doigts d'être déshéritée. Mais devant son entêtement et ses vingt-et-un ans révolus, ses parents ont calmé le jeu en trouvant un compromis : personne ni dans la famille ni dans leur entourage ne devait savoir que Claudia avait quitté la maison pour une autre raison que des études poussées en Province ou le soutien à une tante malade. Elle est donc partie officieusement pour vivre sa vie et officiellement pour finir ses études de Sciences Politiques et aider sa grande tante qui n'est plus très valide. Tout le monde s'en est très bien accommodé, famille et voisinage compris.

C'est génial pour Claudia mais pas pour Claire, qui a espéré par ce geste provoquer un sursaut chez sa mère. Qu'elle manifeste tout à coup quelque instinct maternel de base. Un « oh ma chérie tu vas me manquer... » ou un « tu es si jeune, la maison va me sembler si vide, tu es sûre de ta décision ? »

Mais non, C'est juste génial. Elle aurait hurlé « Bon débarras » que Claire ne l'aurait pas vécu autrement.

Alors elle s'est installée avec Sandra. Avec Paul. Avec Lucie. Avec Daniel... et puis poussée par Claude elle a pris un billet sans retour pour les États-Unis. Elle a vécu avec Claire. Avec Rick. Avec Agnès. Avec Fred. Et ça aussi pour Claudia, c'était tout simplement génial.

Et elle continue de vivre des petites parties de vie avec les uns et les autres quand sa vie s'effrite lentement. D'ailleurs, quand elle a acheté cette valise à nœuds roses le mois dernier, elle s'est dit que c'était un signe. Elle a trop trimbalé sa valise rouge. D'appartement en appartement, de déception en déception. Elle a vu dans cette valise neuve un signe, un espoir d'une vie nouvelle, d'un recommencement. Car ce qui la sauve Claire, c'est qu'elle continue de vivre d'illusions, d'espoirs et de passion. Ça la torture, mais ça la maintient également en vie.

Sur le pont de Neuilly

« On ne va pas attendre comme ça toute la journée, sans rien faire, qu'Alexandre contacte Sophie et que Sophie réponde à sa requête. »

Lou propose de prendre l'air au Jardin d'Acclimatation et cette merveilleuse suggestion est votée à l'unanimité.

Se replonger dans les souvenirs heureux de l'enfance ne peut que leur faire un bien fou. Et les voilà parties en bataillon rangé et de bonne humeur.

Elles hurlent dans les manèges de leur enfance, s'éclatent aux autos-tamponneuses, partagent une barbe à papa, offrent le cadeau gagné à la pêche aux canards à une petite voisine d'une dizaine d'années, moins chanceuse, font des grimaces aux singes et se font cracher dessus par un lama énervé de voir ces cinq sauterelles parader devant lui.

Repues de fous rires, elles s'assoient finalement au charmant restaurant planté au milieu de ce havre de paix. Elles y commandent un petit vin frais, des salades et des bons desserts.

Elles sont bien là.

Toute cette histoire semble d'un coup s'être mise en mode pause et ça leur fait le plus grand bien.

« Alain a pris son billet » découvre Lina en faisant défiler les emails sur son téléphone.

« Son billet pour où » ? s'inquiète Géraldine.

« Son billet pour Paris. Il dit que toute cette histoire ne tient pas la route. »

— Ah non tu vas te débrouiller pour qu'il reste sous son palmier dans le jardin ou dans son sofa au vingt-sixième étage. Il est hors de question qu'il se joigne à nous » surenchérit Géraldine.

— Trop tard il est parti » conclut Lina en laissant retomber le téléphone dans le fond du sac.

Car Alain partage ses semaines entre New York où il travaille et Miami où il réside officiellement en famille. Certains week-ends, Lina et les garçons le rejoignent à New York. À d'autres occasions, Lina part seule rejoindre Alain et confie les enfants à la nounou. Tel est leur choix de vie et chacun s'en accommode.

Il est hors de question qu'Alain rejoigne les troupes. Lina se débrouille comme elle veut ou comme elle peut mais son mari ne rentrera pas un doigt de pied dans leur intimité.

Alain et son email plombent cette fin du déjeuner et le reste de l'après-midi. On tente bien de se faire rire devant les glaces déformantes avant d'opter pour Le Petit Théâtre de Guignol.

Mais le cœur n'y est pas.
Paul ne veut pas voir sa sœur, Alexandre est réapparu dans la vie de Patricia, Claire va certainement ternir la suite du séjour avec une

nouvelle histoire d'amour impossible et maintenant Alain risque de débarquer avec sa mauvaise humeur légendaire et ses a priori sur tout.

Alain n'a jamais vraiment plu aux autres. Géraldine ne le connait pas et Lou l'a entre-aperçu à quelques reprises. Il n'est pas vraiment sympathique, pas très social, d'un abord finalement difficile. Il n'est pas très loquace, ni drôle, ni passionnant, et encore moins amical. Alain a un physique passable, beaucoup d'argent, une collection de maisons, de bateaux, d'œuvres d'art et de chaussures de luxe. Chacun détermine les valeurs importantes dans un couple. Question de critères. Et selon ceux de Lina, Alain est parfait et elle en est raide dingue.

Neuilly, début de soirée

Alors que les filles se sont posées à différents endroits de l'appartement en fonction de leur activité du moment, Lina découvre sur l'ordinateur qu'Alexandre a envoyé un email et décide d'en faire lecture à voix haute à l'assemblée, épuisée.

« Ma chérie (j'en profite ☺)

J'ai joint Sophie. Elle a été charmante comme je l'avais prédit.
Elle n'a pas tout bien compris - moi non plus d'ailleurs - et se propose de vous aider comme elle le peut.

N'ayant pas prévu de voyage à Paris ce mois-ci, je ne pourrai malheureusement me joindre à vous. Tu imagines comme j'en suis désolé. Appelle-la. Elle attend de vos nouvelles.
Voici son téléphone portable : 06 65 25 25 66
Je t'embrasse immensément fort ma grande Patricia !

À très vite maintenant, je sens qu'on va être finalement amenés à se revoir.
Alex »

Devant tant de jubilation de la part d'Alexandre, Patricia fulmine à voix basse.

Il aura donc fallu d'âpres négociations pour convaincre Patricia d'appeler Sophie. C'est à elle de faire l'entrée en matière.

Sophie n'est apparemment pas joignable dans l'immédiat. Les deux premiers appels terminent sur sa messagerie.

Ce n'est que vers huit heures du soir qu'elle rappelle. Patricia hésite à répondre en voyant son numéro s'afficher. Faire face à la sœur d'Alexandre et fille de Paul la paralysc. Pourtant la voix enjouée à l'autre bout du téléphone fait tomber immédiatement ses appréhensions.
Patricia explique. Lapidairement. Puis elle raccroche.

« On la voit demain matin chez Paul à saint Germain ».

« Qu'est-ce qu'on va faire après de tous ces personnages » pense Lou devant le miroir de la salle de bain. Nous sommes parties à cinq, et nous allons rentrer à vingt. Encombrées de corps, d'âmes et de vies pas faciles. Comme si nous n'avons pas assez à gérer nos propres vies. Que vont devenir Laure, Paul, Alexandre, Nicole et maintenant Sophie. Et tous ces morts venus parasiter nos vies : Hélène, René, Madame Lemercier, et tous ceux que nous n'allions pas tarder à découvrir.

Nous sommes parties à cinq pour passer dix jours inoubliables à Deauville, seules et en toute légèreté. On a dû manquer un palier, sauter une marche… Rembobinons ! » se dit Lou.

Rob a appelé sa femme dans l'après-midi. Bethsabée est déterminée. Puisque sa mère n'est pas là, c'est avec son père qu'elle a entamé les discussions. « Elle ne négocie pas Lou. Elle est prête ! Elle a décidé de partir à la fin de l'année scolaire » lui raconte Rob. « Elle m'a dit qu'elle cherche du travail et qu'elle assurera le coût de sa vie quotidienne. Et si nous ne pouvons payer la scolarité, elle prendra un prêt. »

Rob est dévasté. Trop de problèmes qu'il ne gère pas en temps normal. Lou s'en charge et lui rapporte les conclusions des transactions. Là, il se retrouve sur le front, seul, et sans pouvoir argumenter.

« On verra tout cela à mon retour. C'est n'importe quoi Rob, mais je t'avoue que là j'ai ma dose de migraines. Je vais traiter les problèmes un par un si tu veux bien. Et pour l'instant Bethsabée est à six mois de sa rentrée universitaire et à dix mille kilomètres de moi. Ça fait deux arguments de poids pour reporter cette discussion à la semaine prochaine. »

Lou laisse Rob avec sa fille, ses problèmes et ses questions sans réponses.

Lina a bien tenté de dissuader Alain. Elle a même essayé de le menacer. Un peu. Mais la tractation n'a pas abouti. « Qu'elles ne s'inquiètent pas », l'a-t-il rassurée. Il ira dans son appartement de l'avenue Foch et ne les embêtera pas. Mais au moins il sera là en cas de pépin. « Le pépin c'est toi », a voulu répondre Lina avant de raccrocher. Mais elle s'est tue. Pour l'instant.

Elle sent bien qu'elle arrive à un tournant de son histoire avec Alain. Elle étouffe et en cherche les raisons. De sa prison dorée, de cette cage de luxe dans laquelle elle s'enferme histoire après histoire depuis vingt ans. Que lui apporte finalement cette vie de fastes, d'illusions et de confort matériel outrancier ?

Elle n'a pas été élevée comme ça. Oh non, pas du tout !
Son enfance, elle l'a passée entourée de parents simples et extrêmement cultivés. Des intellectuels, des vrais, raconte-t-elle avec fierté aux gens. Des amoureux de littérature, de philosophie, de cinéma, de théâtre, dc poésie, de ballets…Des amoureux des beaux mots, du verbe recherché, de la perfection du son, de la beauté de l'image.

Alors chez elle, on a choisi les études très longues qui ne rapportent pas. Entre Sciences-Po et un doctorat de lettres appliquées, sa mère a choisi la magie de la langue française. Son père a abandonné la banque, dans laquelle son propre père l'a fait rentrer quelques années plus tôt, pour un métier de saltimbanque. Il dirige toujours un théâtre et fait de chaque jour une journée d'immense bonheur. Chez les Kayal on a choisi d'être heureux. Simplement. Et ça marche merveilleusement bien. On est amoureux. On aime ses enfants et on part en vacances en Bretagne quand les fins de mois le permettent. On reçoit les amis autour d'un plat simple et épicé, comme l'ont fait leurs parents au Liban des décennies avant. Alors on passe des soirées à lire, on se laisse bercer par la grande musique, on suit de bons films avec les enfants à la télévision…et on oublie qu'on a quelques jours de retard dans le paiement du loyer.

C'est peut-être tout ce vrai bonheur qui a poussé Lina à en chercher un autre. Dans ce qui lui a manqué. Le bonheur matériel. Celui de ne pas avoir à économiser, de pouvoir skier en hiver, fouler le sable chaud en été, et s'offrir autant d'allers-retours qu'elle le désire chaque année partout dans le monde. C'est peut-être de n'avoir pas eu les bonnes baskets, adolescente, d'avoir eu des Adidas à deux bandes achetées au marché quand ses copines flambent avec les authentiques. C'est peut-être pour ne plus entendre la concierge sur son passage raconter à la voisine que les Kayal ont encore eu du mal à payer leur loyer cette semaine et que le mois dernier deux messieurs ont demandé après eux.

Alors, dès qu'elle a été en âge de plaire, elle a compris qu'elle pouvait en tirer profit et en a largement profité.

Elles ont reconnu Sophie immédiatement. Patricia en a dressé un portrait imaginaire ressemblant. L'intuition féminine peut-être…Elles vont tout naturellement vers la belle brune élégante qui se réchauffe d'une tasse de thé au Gingembre.

« Sophie ?

— Je vous attendais. Asseyez-vous. »

Sophie invite ses hôtes à commander et se tient prête à écouter leur récit.

Le récit de Laure bien sûr. Mais elle désire également comprendre qui sont ces cinq femmes bien décidées à se battre pour que Laure et Paul se retrouvent enfin après plus d'un demi-siècle.

Alors elles racontent, ensemble et de façon désordonnée. Et théâtralement, Lou achève le récit par la petite abeille bleue.

Sophie n'a pas osé interrompre ces récits. Elle n'en a pas eu envie non plus. Elle s'est laissée prendre à cette narration captivante et son visage s'illumine à mesure que les filles s'emportent à raconter ces quelques jours passionnants.

« C'est génial ! J'adore ! On se croirait dans un roman à l'eau de rose ! Ne le prenez pas mal, j'en suis la première lectrice. »

Sophie est jolie. Elle a dû il y a quelques années certainement, raccourcir son nez, ourler un peu ses lèvres et remonter légèrement ses pommettes. Mais elle est ravissante et son beau sourire fait rayonner davantage encore son visage fin et racé. Sophie est toute en antagonismes. Elle parle de façon claire et posée, ses gestes sont féminins et légèrement empruntés… Et pourtant, on devine derrière cette façade une autre femme. Plus simple, plus intuitive, et prête à vivre les instants présents comme ils se présentent.

Et cette personnalité ambigüe fait ce jour-là l'unanimité.

« Je vais vous aider bien sûr. Je ne sais pas bien de quelle façon. À moins que vous y ayez déjà réfléchi. Mon père est très indépendant, avec des idées bien arrêtées...Il a toujours mené sa vie comme il l'entend, c'est-à-dire pas toujours facilement... Laissez-moi trouver la bonne méthode. Il ne faut pas qu'il se braque une seconde fois...Vous avez une photo de Laure ? Et de l'abeille ? »

Ni de l'abeille, ni de Laure, ni de quoi que ce soit. Mais Géraldine les promet de les envoyer par email ce soir même.

« Sophie, si nous pouvions ne pas perdre de temps et enfin profiter du séjour que nous avions programmé...

— Mais alors pourquoi faites-vous ça ? » interroge Sophie. « Après tout, vous ne connaissez pas cette femme et vous l'aurez oubliée dans quelques jours en reprenant vos vies respectives. Je pense qu'il y a quelque chose qui vous bouleverse au-delà de son histoire. Combien de gens ont des histoires tristes, difficiles...Et pourtant nous n'aidons pas tout le monde. On sélectionne soigneusement les personnes que nous soutenons, parce que l'on sait pertinemment que c'est souvent un vrai don de soi. Vous êtes-vous demandées pourquoi vous avez choisi d'aider Laure ? »

C'est bien la première fois que quelqu'un leur présente les choses sous ce jour. Jusqu'à présent, elles sont convaincues qu'elles ont aidé Laure devant son insistance et la peine qu'elle leur a inspirée lors de leur première rencontre.

Pourtant Sophie a raison. On croise malheureusement tous les jours qui gens qui nous émeuvent et qui sont de bons candidats sur la liste des personnes à soutenir. Pourtant, on passe devant sans que cela nous affecte grandement. Et on les oublie à la minute même où notre regard s'en détourne.

Claire aurait pu évoquer une grand-mère qui ne l'a jamais aimée. Qui n'a jamais aimé personne d'ailleurs à part un fils qui le lui rend bien peu. Géraldine s'est imaginée alors que cela pourrait arriver à sa mère, qui a été une autre jeune victime de cette guerre terrible. Lou s'est attendrie parce que cette femme lui renvoie l'image de son aïeule disparue trop tôt. Très vite la conversation reprend son cours. Aucune d'elles n'a réellement envie d'analyser la situation ni de se replonger dans les failles de leur enfance. C'est un fait et cela suffit en soi. Elles se sont attachées à Laure et n'ont pas envisagé un seul instant de quitter le navire avant qu'il n'arrive à bon port... Même si la traversée est semée d'embûches.

Ce soir-là, elles se retrouvent chez « Vins et Marées ». Une envie de fruits de mer terrible de Lina, qui se déclenche rarement par hasard.

« Si tu nous fais ta crise d'envies de femme enceinte, c'est que le mécanisme s'enraie » sourit Patricia.

— Le mécanisme arrive dans quelques minutes et je serai plus en mode crise d'urticaire... Et si tel est le cas, autant incriminer les fruits de mer. »

Alain arrive, peste contre le froid inhabituel pour la saison, le voiturier qui n'a pas ménagé sa monture, et le choix du restaurant dont il n'a pas souvenir qu'on y mange spécialement bien.

Chacune se présente et en retour il les salue de façon collective. Il commande une sole normande parce qu'à Miami il se refuse de leur payer le billet d'avion en première classe. Il demande des légumes à la place des pommes de terre écrasées à l'huile d'olive. Le garçon lui fait remarquer que c'est dommage car c'est une de leurs spécialités. Alain répond alors qu'il ne lui demande pas son avis mais des légumes verts. L'ambiance s'est installée en quelques secondes. Comme souvent - et par magie - avec Alain.

Quelques minutes plus tard, Laure arrive, élégante et chaleureuse. Elle embrasse chacune et se présente à Alain qui réalise qu'il doit sa présence à Paris à cette intrus d'un autre âge. Il a franchement autre chose à faire que d'être là cette semaine !

Claire se décide à détendre l'atmosphère en accaparant Alain sur un sujet dont il parlerait des heures : ses montres. Ce qui fait jaser les filles au retour et dévier la conversation sur les mauvaises habitudes de Claire à se tromper systématiquement de proie. La discussion dégénère très vite, chacune renvoyant aux autres leurs failles et leurs échecs.

Alors on parle une bonne partie de la nuit. Après l'heure de la confession vient l'heure de l'analyse qui se recentre sur Claire. Sa mère. Son père. Cette volonté inconsciente de n'être jamais heureuse. Ces blocages qui la poussent à ne pas avancer...À trois heures du matin, Freud et Lacan ayant déjà rendu leurs tabliers depuis longtemps, elles se plongent dans les bras rassurant de Morphée dans l'attente du plan d'attaque de Sophie.

Ce soir-là Lina rejoint Claire sous les draps et lui dit qu'elle a aussi d'une certaine façon tout raté. Elle a abandonné le seul homme qu'elle a jamais aimé parce qu'il n'a pu lui offrir la vie dont elle a toujours rêvé et n'a cessé depuis d'accumuler les Rolex à la place des contes de fées.

Vers quatre heures, Lina reçoit un message. Elle se lève, enfile un gilet et laisse un mot sur la porte d'entrée : « Je ne suis pas loin. »

Elle aurait pu ajouter… « et je reviens bientôt ». Car elle réapparait à sept heures et demi, la mine défaite. Elle déchire alors le papier griffonné et se remet au lit.

« Où étais-tu ? » chuchote Géraldine dans un demi-sommeil.

« Je suis allée menacer Alain de divorcer, s'il ne reprend pas le premier avion ce matin.

— Et alors ?

— Alors il reprend le premier avion ce matin. »

« Décidemment, on ne peut pas dormir dans cette maison de dingues » se dit Lina quand le téléphone sonne à huit heures. « Mais qui appelle à l'aube » se demande Géraldine, alors que Patricia, tout juste douchée, se précipite pour répondre.

Elle parle peu. Acquiesce. Et raccroche.

« C'est toujours un bonheur de suivre tes conversations » lance Lina… « On en sait autant après qu'avant. » Lou éclate de rire et Patricia menace de ne rien raconter si on l'embête de bon matin et avant son café.

Sophie a bien reçu les photos. Elle a rendez-vous avec son père pour le déjeuner. Elle a prétexté une idée, dont elle veut absolument lui parler, avant de la mettre sur pied. Elle a évoqué une lointaine connaissance qui lui propose de commercer des bijoux haut de gamme à prix réduit en les faisant passer par l'Amérique Latine. Bref, elle a besoin de lui. Et ça Paul n'y résiste jamais.

Après elle avisera. Elle a mis les photos dans son sac, et elle abordera le sujet quand elle sentira que le moment sera propice.

Dans l'appartement douillet de Neuilly, l'enthousiasme n'est pas de mise et on craint que ce plan un peu bancal n'aille pas très loin.

Géraldine estime donc que cela ne sert pas à grand-chose de rappeler la voisine de Deauville. De toute évidence, elles ne seront pas sur place demain.

Sophie se sent un peu désemparée en prenant son sac et les clefs de sa voiture. « Pas simple cette histoire » se dit-elle. « J'ai toujours du mal à parler à Papa. Soit il se désintéresse de mes problèmes au bout de cinq minutes et réoriente la conversation sur ses derniers travaux, soit il peste de mes mauvaises décisions, de mes emportements, de la confiance aveugle que j'accorde aux gens, de mon altruisme parfois ridicule…
Finalement de tout.

Bon, je vais commencer sur un débat qui agite notre société et met en émois son public. Le mariage pour tous et ses conséquences sur l'essence même de la famille. Sans le contrarier bien sûr et sans qu'il s'emporte. Je vais même me risquer à soutenir sa pensée et ses réflexions. »

Et Sophie entame la discussion du mariage pour tous. De l'adoption. De l'éthique médicale et de l'éthique tout court. Des religions. Du positionnement des églises. De ses amis homosexuels.

Le temps passe et Sophie n'arrive pas à sortir les photos de son sac.

Finalement elle décide de le faire en silence. Sans un mot. Après tout ça n'appelle pas d'entrée en matière. Et puis on verra bien.

« Qu'est-ce que c'est que cela Sophie ? C'est qui ?

— C'est Laure ta sœur.

— Comment as-tu eu ces photos ? Et qui t'as dit que j'ai une sœur ? Qu'est-ce que c'est que ce complot à la fin ?

— Papa regarde la deuxième photo…là… sur l'avant-bras…la petite abeille bleue. »

Paul éclate subitement en sanglots. Des sanglots lourds. La salle du restaurant se fige en quelques instants.

Paul pleure à chaudes larmes et personne n'y peut rien.

Paul pleure comme un enfant et chacun participe en silence à cette souffrance.

« Je ne reverrai pas Laure. Tu ne comprends pas. Tu ne comprends pas… »

Sophie ne comprend absolument pas la tragédie dans laquelle son père se drape et dont elle est témoin. Elle… et quelques quarante-cinq autres personnes.

Ce père, sûr de lui, que rien ne peut atteindre, pleure comme un enfant et bruyamment. Et chacun, dans la salle de restaurant, reste muré dans un silence qui semble durer des heures.

La salle tente de reprendre vie, les clients le fil de leurs conversations, la cuisine reprend son service incessant, et Paul tente de retrouver un peu de dignité.

« Sophie, Laure m'a rayé de sa vie il y a cinquante ans. Tu comprends ? elle m'a rayé. C'est trop tard. On n'efface pas soixante-dix années d'absence, de douleur et d'incompréhension… »

Sophie prend la main de son père dans la sienne. Toute la brutalité d'une main d'homme nerveux et combatif entre les doigts élégants et tendres de Sophie.

Sophie est partagée entre l'envie de comprendre et celle de partir. Là, comme ça. Elle se sent soudain si étrangère à toute cette histoire. Il y a une certaine dose de voyeurisme qui la dérange. Alors elle reste un long moment main dans la main avec Paul et attend sans mot dire. Elle le connait. La balle est dans le camp de son père à présent.

Alors Paul commande un thé au citron et entreprend de raconter ce qui s'est passé soixante-dix ans plus tôt.

Paul est resté plus longtemps que Laure à l'orphelinat. Bizarrement les petites filles étaient plus à la mode que les garçons. Et puis, il était plus âgé aussi, donc plus conscient de ses traumatismes, ont estimé à l'époque les parents adoptants.

Madame Mercier s'est toujours efforcée pourtant d'expliquer aux parents que les traumatismes commencent bien plus jeunes, et que le parcours d'un enfant dépend de sa capacité à échapper à ses fantômes. Pour elle, Paul est un brave petit garçon. Courageux et volontaire. Certes, ce n'est pas un enfant très gai ni très sociable, mais il a beaucoup à apporter à une gentille famille. Elle en est sûre.
Pourtant la guerre s'est achevée et personne n'est venu chercher Paul.

Et puis un matin de janvier mille-neuf-cent-quarante-six, un jeune couple s'est présenté à Madame Mercier. Stella et Max Bloch.

Des Bloch, elle en a vu Madame Mercier sur ses registres. Des Bloch, des Blumenthal, des Levy, des Kaufmann, des Grynspan… Autant d'enfants miraculeusement sauvés par les circonstances de la vie. Ils n'étaient pas à la maison quand leurs parents ont été raflés, ils se sont cachés dans une armoire …Autant d'histoires vraies qu'on aurait préféré savoir qu'elles n'ont jamais existé.

Elle a d'abord cru que Stella et Max venaient aux nouvelles. Qu'ils cherchaient un proche. Un neveu, un ami de la famille... Un petit être rescapé de l'horreur.

Finalement non. Ils sont venus chercher l'amour.

« Notre plus cher désir est d'adopter un petit garçon. Pas trop petit. Mais pas trop grand non plus. Brun ce serait bien...Enfin, on ne sait pas trop » balbutie Stella.

Madame Mercier non plus ne sait pas. Ce qu'elle comprend en outre, c'est que la demande des Bloch est bien trop précise pour ne pas cacher une histoire bien personnelle.

« Nous avons effectivement des petits garçons qui correspondent à vos recherches. Vous devez comprendre que dans un premier temps nous plaçons ces enfants. L'adoption intervient dans un second temps. Si elle est possible bien sûr. Nos services continuent de chercher de la famille ...Enfin, vous comprenez » explique Madame Mercier.

« J'ai cependant besoin de comprendre quelles sont vos motivations, avant tout dépôt de dossier. Nous ne confions pas les enfants à la légère, et nous devons nous assurer qu'ils seront dans des foyers leur offrant confort et amour. »

Alors Stella Bloch se met à raconter pendant que Max baisse la tête, sans dire mot.

Stella et Max habitent boulevard de la République. Ils sont français alors ils n'ont pas pris peur quand il a fallu se déclarer Juif à la Préfecture. On leur a promis que les lois ne concernent que les Juifs étrangers. Alors ils ont eu confiance quand Stella a cousu l'étoile jaune sur la poche du pardessus de Max, du paletot de Louis leur fils et sur son manteau.

Et puis, ils n'ont plus eu confiance.
Alors ils se sont renseignés.

Ils ont fui et ont traversé la ligne de démarcation avec un passeur conseillé par un cousin, déjà arrivé en France Libre.
Et puis il y a eu des tirs.
Personne n'a su d'où ils sont venus.
Mais Louis est tombé et ne s'est pas relevé.

Alors le passeur leur a crié de fuir. Qu'il en était fini pour Louis et qu'il prendrait soin de lui donner une sépulture correcte.
Stella se tait. Elle n'évoque ni sa souffrance, ni ses cauchemars, ni sa vie qui lui échappe chaque jour depuis, lentement et silencieusement.

« Je suis désolée Madame Bloch, vraiment désolée de ce drame. »

Pourtant elle doit lui dire. Elle doit lui expliquer qu'elle ne peut pas lui offrir Paul pour remplacer Louis.

« Madame Bloch, l'enfant que vous me décrivez…C'est l'enfant auquel ressemblerait Louis aujourd'hui, n'est-ce pas ?"

Max l'interrompt et se tourne vers sa femme brutalement.

« Partons Stella. Je t'ai dit que c'est une mauvaise idée !

— Je veux élever un petit garçon Max ! Je vais crever si on ne me donne pas une chance de donner tout l'amour que j'ai prévu de donner à Louis à une autre petite vie ! Je vais crever Max » hurle-t-elle.

— Asseyez-vous tous les deux » suggère d'un ton ferme Madame Mercier.

Elle demande qu'on lui amène trois verres d'eau fraiche et qu'on regarde dans la cuisine s'il ne reste pas une part de flan, ou quelques choses de sucré. Elle trouve Stella bien livide et frêle.

« Vous devez comprendre qu'on ne remplace pas un enfant par un autre. Même si je suis sûre que vous donnerez à cet enfant tout l'amour possible…et plus encore.

— Nous sommes désolés Madame, nous vous avons importunée pour rien. Chérie partons s'il te plait. »

Max soutient sa femme et s'apprête à franchir la porte quand Madame Mercier se lève et leur fait barrage.

« J'ai un petit garçon d'à peu près l'âge de Louis, mais il est blond. Il est hors de question que je vous confie un enfant avec un physique proche de celui de votre fils disparu.

Je vais demander le placement du petit Paul chez vous pour un temps limité et je viendrai moi-même chaque semaine au début, puis après chaque mois, m'assurer que cette situation ne pose pas problème à l'enfant. Voici les documents dont j'ai besoin. Dès que le dossier sera complet, revenez me voir pour finaliser la procédure…Monsieur Bloch ?

— Oui

— Pourquoi êtes-vous revenus à Paris ?

— Où vouliez-vous qu'on aille... »

Paul vit donc chez les Bloch. Il n'en est ni heureux ni malheureux. Là où ailleurs finalement, il n'en à que faire. Il va grandir, travailler, gagner de l'argent... et retrouver Laure.

Il écrit plusieurs fois à Laure après la guerre. Les lettres, il les remet à Madame Mercier quand elle vient le visiter chez les Bloch. Et Madame Mercier promet de les envoyer à Laure.

Chez les Bloch, ce fils de communiste découvre qu'on peut croire en autre chose qu'au socialisme. Il regarde Stella allumer les bougies du Shabbat, chaque vendredi soir et vivre au rythme des fêtes du calendrier juif. « Comment peuvent-ils encore prier depuis la mort de Louis » se dit-il.

Car Madame Mercier a été très claire à ce sujet avec les époux Bloch. Ils doivent lui parler de Louis. Peu. Mais Paul doit savoir qu'ils ont eu un petit garçon avant lui, qu'il est mort et que cela est une souffrance quotidienne pour eux.

Et Paul a grandi chez les Bloch qui en ont obtenu la garde définitive, ce qui leur a permis de l'adopter officiellement. Paul est choyé et reçoit tout l'amour que le cœur de Stella a fabriqué pendant toutes ces années. Rien n'est trop beau pour Paul.

Et Paul ne le leur rend pas. Pas par égoïsme ni méchanceté, mais parce que Paul sait qu'il a pris la place de Louis et que c'est Louis que les Bloch chérissent quand ils aiment démesurément Paul.

Paul n'a pas demandé à être là et n'est pas réceptif à tout cet amour. Paul n'est pas Louis et il entend le faire comprendre aux époux Bloch. Paul est froid, distant mais brillant et respectueux.

Les Bloch ont évoqué le sujet plusieurs fois avec Madame Mercier et elle leur a expliqués qu'ils ne peuvent pas exiger de Paul qu'il endosse le costume de leur enfant disparu.

Alors les mois puis les années passent. Comme ça.

« Papa... je ne comprends pas... Qui t'a rayé ? Et pourquoi refuses-tu d'embrasser enfin ta sœur ? »

Alors Paul sèche ses larmes. Son visage se durcit et il raconte. Factuellement.

Un jour, il a reçu enfin une réponse. Les Bloch lui ont donné la petite enveloppe ivoire avec un sourire satisfait. Paul va peut-être retrouver sa joie de vivre, a pensé Stella qui souffre de cette indolente indifférence.

Alors Paul a ouvert, lu, jeté la lettre et n'en a plus jamais parlé.

Stella l'a ramassé et l'a lue.

« Paul

La vie nous a séparés de façon odieuse. Cette souffrance, j'ai décidé de ne pas me l'infliger. C'est trop dur. Et j'imagine que pour toi aussi.

J'ai pensé, il y a déjà un moment, que seul l'oubli pourrait nous sauver. Ça peut paraitre terrible et ça l'a été pour moi le jour où j'ai réalisé que c'était l'unique solution, mais nous devons cesser d'exister l'un pour l'autre. Nous devons nous reconstruire dans notre environnement, avec nos nouveaux parents et dans notre nouvelle vie.

Nous devons oublier d'où nous venons et devons rayer ces premières années de notre mémoire, sinon on ne s'en sortira pas. J'ai décidé de vivre Paul. Et ça passe par l'oubli. Oublies-moi Paul et vis !

Laure »

Stella s'est effondrée sur la chaise de la cuisine. Petit Paul vit finalement le même drame qu'elle et aussi brutalement. Paul vient de perdre l'être le plus cher à ses yeux. Comme ça et sans qu'il n'y puisse rien du tout. Et Stella souffre comme Paul ce jour-là. Pour Paul. Pour Louis.

Dans les rues de Paris

Cette après-midi-là, Sophie n'a pas le cœur à rentrer retrouver ses enfants tout de suite. Elle demande à son mari de gérer la sortie d'école. J'ai besoin de prendre l'air, lui dit-elle en guise d'explications sommaires. Elle lui racontera en rentrant. Rien de grave. Sophie n'a pas le cœur non plus à appeler les filles et encore moins Laure. Sophie a besoin de se sentir vivante.

Elle pousse la porte de son salon de coiffure habituel. Jérémy lui fait remarquer que ce n'est pas son jour et qu'il ne peut la prendre de suite. Pas grave. Elle attend.

En sortant, elle se décide à rentrer à pied à Boulogne. La nuit tombe et Sophie marche toujours. Et l'oppression ne retombe pas.

Elle s'arrête finalement au « 3 Obus », porte de Saint Cloud, commande un verre de Sancerre frais et compose le numéro de Géraldine

« Je vous retrouve à neuf heures au Japonais de la place Marcel Sembat. Il faut qu'on parle. »

En raccrochant Géraldine se demande ce qui va bien encore leur tomber sur le coin de la tête. Elle est épuisée. Elle redoute maintenant chaque nouvel appel et survole ses emails en tentant d'échapper à un quelconque message embarrassant.

« Et ? demande Lou

— Et quoi ?

— Et c'est qui ?

— C'est Sophie…On a rendez-vous chez Kimoto à neuf heures et à mon avis nous ne sommes pas au bout de nos surprises ! »

Ce soir-là, Sophie rentre chez elle comme chez une étrangère. Tout lui parait soudain inconnu. Elle embrasse son mari et ses deux garçons machinalement, et prend une douche en prenant soin de ne pas mouiller son brushing.

Gilles la rejoint :

« Sympa cette nouvelle coupe ! Ce n'est pourtant pas ton jour habituel de coiffeur ».

Si seulement il était simplement question de changement de jour de coiffeur dans cette journée inhabituelle. Gilles ne comprend rien et attend, dans un coin de la salle de bain, qu'elle sorte de la douche.

Alors Sophie s'assoit sur le rebord de la baignoire et partage l'intimité de Paul avec lui. Cette conversation hallucinante qui n'a mené à rien, et a brisé son espoir de voir Laure et son père se serrer fort en remontant le temps.

« Je m'occupe des garçons. Fais ce que tu as à faire » lui dit Gilles en l'embrassant sur le front tendrement.

Faire ce qu'il y a à faire. Elle a la désagréable impression que le problème ne cesse de se déplacer. Laure a confié la réussite de ses retrouvailles à une bande d'inconnues et c'est à elle aujourd'hui de conclure. Alors elle réalise subitement que Laure est sa tante et que son champ familial s'est élargi avec cette petite femme d'un autre continent. À l'autre bout de la ville, le petit groupe d'amies attend de savoir ce qu'il en est. Que leur dire d'autre qu'elle a réussi à parler à son père mais qu'elle finalement échoué lamentablement dans sa capacité à les réunir.

À y réfléchir, elle a tenu entre ses mains, l'espace de quelques heures, le destin de ces retrouvailles. Rien n'est définitif. Et la tâche est ardue. Paul est Paul. Mais Sophie est Sophie et l'espoir est donc de mise.

Ce lundi, Kimoto, habituellement pris d'assaut, est relativement calme. Ce qui tombe plutôt bien. Sophie a besoin de sérénité pour faire le compte-rendu de sa discussion et pour envisager la suite à donner.

Laure a décliné le diner. C'est bien trop tard pour elle. Les filles lui passeront un coup de téléphone en se réveillant demain matin. Elle est certaine que les choses vont avancer dans le bon sens avec Sophie. Elle aime bien cette petite Sophie. Devant ses abords parfois un peu maniérés et ses retenues, elle est vraie. Et puis, elle sait que Sophie est acquise à sa cause. Elle a senti chez elle, cette même sensibilité qu'elle… « Mais c'est ma nièce après tout » conclut-elle avant de s'endormir dans la petite chambre de l'appartement de Montrouge, qui a été un temps – il y a très longtemps – sa chambre de petite fille, puis de jeune fille.

Les Laugier ont transformé ce petit espace sur cour en bonbonnière. Tout y évoque le monde des rêves et des princesses d'un temps révolu. Et Laure s'y trouve parfaitement à l'aise. Dans sa petite armoire blanche, elle range précieusement les colliers de perles roses, blanches ou multicolores qu'Hélène lui achète au marché. Elle aime regarder ses jolies robes. Celles qu'elle porte les jours de fêtes et quand les Laugier sont invités à goûter le dimanche après-midi.

Laure a son monde dans ses huit petits mètres carrés. Et elle y est heureuse.

« Je ne sais pas par quoi commencer ! »

Sophie donne le ton d'entrée de jeu… Si bien que le garçon venu chercher la commande rebrousse chemin et est prié de revenir dans dix bonnes minutes.

« En résumé, mon père a cherché à joindre Laure à plusieurs reprises quelques années après leur séparation et Laure lui a dit que pour survivre ils avaient besoin de s'oublier mutuellement. D'oublier leur passé pour se reconstruire et que la meilleure façon d'y arriver était de ne plus considérer qu'ils ont eu un jour un frère ou une sœur. Je suis claire ?

— À peu près. Et ? » coupe Géraldine.

— Eh bien mon père ne veut pas entendre parler de Laure aujourd'hui. Elle lui a brisé le cœur ce jour-là, vous comprenez ? Il a rayé sa petite sœur de sa vie, parce qu'elle n'a pas plus voulu de lui. C'est le seul être qu'il a aimé par-dessus tout…C'est terrible ! Je ne sais quoi vous dire ni que faire.

— On va déjà en parler avec Laure. Car si tout cela est vrai, je nous sens un peu dindons de la farce dans cette histoire, ce que j'apprécie moyennement » s'énerve Géraldine, qui ne peut soustraire ses vacances à Deauville de ses pensées.

— Puisqu'on parle de dindon, commandons ! Il me faut bien ça pour faire face à Laure demain matin » décide Patricia en hélant le garçon qui n'y croyait plus.

— Quand je pense qu'on devrait être à Deauville sur les chaises longues rayées bleues et blanches en humant l'odeur de la marée et en offrant notre corps aux doux rayons du soleil normand. Je nous vois déjeuner Aux Vapeurs, nous balader dans les boutiques autour de la place Morny, marcher sur les planches en longeant les cabines de bain, puis voir du côté de Trouville quel temps il y fait…Géraldine se met à rêver à sa maison. Sa maison de famille, acquise par ses parents il y a fort longtemps. À l'époque où Deauville exhibe les fourrures des élégantes l'hiver et les parures de soie des parisiennes, l'été. À l'époque où les femmes bien nées rivalisent sur les planches et dans les cafés à la mode. La famille a aussi une maison sur la Côte d'Azur, à Sainte-Maxime, mais n'y va qu'à Pâques ! Pas question d'affronter les hordes de touristes allemands, russes et belges de l'été. Géraldine n'est pas foncièrement snob mais elle est née dans un berceau doré et en profite pleinement.

De son côté, Patricia constate que son horloge biologique n'est absolument pas respectée depuis quelques jours. Elle dine à l'heure de se coucher, elle se lève souvent aux cris des autres et pas à celui de son estomac, elle n'a pas dormi dix heures d'affilée depuis qu'elle a posé le pied à Paris… Et son corps commence à le vivre difficilement. « Cette vie de patachon n'est vraiment plus pour moi » se dit-elle. « Un jour, j'irai élever des chevaux dans le Colorado ou des vaches dans le Limousin. » Il est minuit passé et personne ne ferme l'œil dans cette maison.

Surtout que le téléphone se met à sonner brisant les rêvasseries en cours. Et chacune de se demander quel drame se cache encore derrière le combiné !

Personne ne se précipite et les regards se tournent vers Géraldine. Après tout elle est chez elle. « C'est peut-être très personnel » esquisse Lina.

Quelques secondes plus tard, on comprend que c'est plutôt très grand public.

Laure s'est réveillée d'un mauvais rêve, et vient aux nouvelles toute excitée.

« On n'a pas vu Sophie, Laure. Un contretemps. On la voit demain matin et on vous retrouve rue d'Alésia, au café qui fait les si bons chocolats chauds. D'accord ? »

Puis se tournant vers quatre visages interrogatifs, Géraldine se justifie

« Je ne pouvais quand même pas lui parler de la conversation de ce soir comme ça, au téléphone…

— Tu as raison Géraldine. » C'est ainsi que Claire décide de retourner dans la chambre, bientôt suivie des autres.

Quand Laure arrive, elles sont déjà assises. Calmes et sereines, juge Laure. Tétanisées et complètement paralysées en réalité.

On commande un chocolat chaud pour Laure et on parle du temps qui décidemment ne se réchauffe pas du tout. Mais alors pas du tout.

« Bon, les nouvelles ne sont pas bonnes j'imagine puisque vous ne m'en parlez pas.

— Laure, c'est un peu compliqué. Est-ce qu'il y aurait quelque chose que vous nous avez caché. » Claire s'est lancée à la surprise générale.

« Pas que je sache…

— Laure » coupe Patricia, « Paul parle d'une lettre de rupture. D'une lettre où vous lui demandez de vous oublier pour survivre…. Laure !!!! »

Laure tente de parler mais s'évanouit pour toute réponse.

Quelques heures plus tard, elles sont toutes les cinq dans la chambre d'hôpital où Laure a été transportée par les pompiers. Nicole, proche de l'Hôpital Broussais est déjà sur place. « Elles se sont bien rapprochées ces deux-là » note avec émotion Lou.

Laure dort.

Les médecins ne sont pas inquiets. Un stress trop important ont-ils jugé. Ils recommandent le plus grand calme et surtout de n'infliger à Laure aucune émotion.

« Ça ne va pas être simple » pense Lina.

« Laissons Laure venir à nous et tentons d'être positives et pédagogues » reprend Lou.

« Je vois que tu as repris le yoga » ironise Géraldine.

Lou a effectivement repris le yoga, après plusieurs mois de méditation et de Reiki. Elle essaie finalement toute les méthodes de détente sans efforts qui existent sur cette terre. C'est sa parade à la boite de Xanax qui trône en bonne place dans l'armoire à pharmacie. Car derrière son côté serein, Lou doit manager à l'année un degré de stress plus élevé que la moyenne. Sans raison. Question de sensibilité personnelle, lui a dit le cardiologue qu'elle a été voir pour des douleurs thoraciques. Lui et la bonne dizaine d'autres qui ne l'ont toujours pas convaincue qu'elle n'est pas au bord de l'infarctus tous les mois. Alors elle s'étire à la vie le matin, pratique le yoga dans la journée et respire dans les embouteillages ou le métro. Et parfois ça suffit. Parfois non.

Laure se réveille, sentant une présence plutôt agréable à ses côtés.
Un charmant « jeune homme » d'une petite cinquantaine d'années partage sa chambre.

Il a fait un malaise à la sortie du restaurant. Persuadé de faire une crise cardiaque, il a alerté les secours avant de s'affaler sur le bitume. Les médecins ont conclu très vite à un malaise vagal mais Fred pense que ce serait quand même plus prudent qu'il reste en observation une petite nuit supplémentaire. Juste au cas où. Une erreur médicale est si vite arrivée. Et puis le médecin qui le suit à l'hôpital est si jeune.

Fred est charmant, charmeur, drôle et Laure est ravie de partager sa chambre avec lui.

De son côté Fred est ravi de voir que la septuagénaire a des amies aussi jolies qui lui rendent visite si fréquemment.

« Vous êtes de la famille ? » Ose-t-il demander à Lou, pour faire connaissance.

— Non des amies.

— Quelle chance a Laure d'être si bien entourée. Moi si je vous avais à mes côtés, je pense que je ne tomberai plus jamais malade de ma vie. Vous êtes des antidotes à la morosité et à la dépression mesdames. »

Elles répondent d'un sourire convenu en se disant que Dieu merci Laure va échapper à l'humour ravageur de Fred dans quelques jours. Seule Claire trouve cela charmant.

Laure regarde chacune des femmes présentes autour d'elle mais choisit de se tourner vers Nicole.

« Nicole, il m'arrive une histoire insensée » lui confit-elle et elle résume alors la discussion du matin.

Nicole blêmit.

Elle a toujours su qu'un jour cette histoire referait surface et qu'elle devrait rendre des comptes.

Depuis le jour où Laure l'a appelée pour lui raconter qu'elle a pu identifier Paul, Nicole a su que cet aveu serait proche. Et bien on y est désormais. Et elle doit faire face. Elle s'y est préparée de toute façon.

Alors elle commence par le commencement.

Par ce jour de vacances de Pâques, où Laure est partie jouer avec ses amies et où Nicole s'ennuie à mourir dans l'appartement.

« Maman est descendue prendre le courrier et moi je cherche à jouer à cache-cache avec elle raconte – Nicole. Mais à son insu. Je suis une célèbre espionne et je dois voler le sel dans le placard sans qu'elle me voit. Parce que ce sel contient un microfilm très important pour la destinée de mon pays. Telle est ma mystérieuse et périlleuse mission » explique Nicole.

Maman remonte et s'assoit à la table de la cuisine. Elle y trie le courrier et s'attarde sur une petite lettre couleur crème rédigée d'une écriture un peu maladroite.

Elle l'ouvre puis la jette dans la corbeille en ayant pris soin de la déchirer avant. Elle tente même d'en brûler quelques morceaux quand la sonnerie de la porte d'entrée retentit. Elle s'y presse et informe Nicole qu'elle s'absente dix minutes pour accompagner Madame Lebrun à la pharmacie. Je reviens très vite chérie. Tu restes sage et tu n'ouvres à personne.

Alors la Mata-Hari en herbe sort de derrière le rideau épinglé devant le placard et va à la poubelle. Elle rassemble les morceaux de la lettre et la lit. Puis elle les remet exactement à la même place que précédemment, dans la poubelle.

Hélène revient vite. Elle n'aime pas laisser Nicole sans surveillance. Non pas qu'elle est du genre à imaginer Nicole capable de mille bêtises mais un accident est si vite arrivé.

Elle trouve alors Nicole assise à la table de la cuisine. Nicole, qui finalement a repris les petits morceaux de papier de la poubelle et les a rassemblés.

Hélène blêmit mais s'assoit en face de Nicole et lui parle d'une voix calme et pondérée.

« Nicole, je n'ai pas le choix ma chérie. Si Laure replonge dans son passé nous la perdrons tu comprends. Elle est heureuse avec nous. Elle a une nouvelle vie, un nouveau bonheur et le cauchemar de sa petite enfance est si loin. Il ne faut pas le raviver ma chérie. Tu comprends ? Sinon Laure partira. D'une façon ou d'une autre. »

Nicole dit avec les yeux que oui, elle comprend.

Et Nicole se dit ce jour-là qu'elle ne veut pas que cette sœur qui lui pompe tout son oxygène parte. Ce jour-là Nicole s'aperçoit que Laure fait partie de sa vie. Qu'elle le veuille ou non. Elle est une partie – même infime – d'elle-même.

Laure écoute la confession de Nicole, partagée entre l'émotion et la colère.

Mme Laugier a agi par amour et Nicole aussi finalement. Mais elles ont toutes les deux décidé de sa vie et de son destin. De quel droit…

A la fin de son récit Nicole s'excuse les yeux rougis, embrasse sa sœur et se retire. Laure reste silencieuse.

De son côté, Fred a simulé une sieste pour mieux profiter des confidences de la voisine et de ses visiteuses.

« Nicole doit appeler Paul. Elle doit lui expliquer ce malentendu » réagit Lina. Je ne vois pas d'autres solutions.

Lasse, Laure demande à rester seule et sonne l'infirmière pour avoir un somnifère.

« Donnez-moi une bonne dose mademoiselle. Cette nuit, il me faut oublier. Que j'oublie tout » la supplie-t-elle.

Rentrée à Montrouge, Nicole prend sans hésitation son téléphone et compose le numéro de Paul.

Maladroitement mais courageusement, elle lui raconte cette après-midi qui l'a marquée à jamais et elle s'excuse de sa lâcheté. Elle lui explique qu'elle a enfouie dans un coin de son cerveau cet épisode, par volonté de l'oublier pour ne pas vivre avec la culpabilité. Paul écoute religieusement. Paul demande qu'on lui laisse le temps de la réflexion. Ce qu'il vient d'apprendre est d'une telle violence qu'il est incapable de réagir, d'exprimer une émotion, ressentir quelqu'émois. On ne répare pas soixante-dix ans de méprise aussi facilement, lui a-t-il dit. Il rappellera. Ou il ne rappellera pas. Il demande qu'on respecte ses décisions et raccroche froidement.

C'est Laure qui informe les filles de la teneur de cette conversation, et les convainc de partir dès le lendemain pour Deauville. S'il y a du nouveau Laure les préviendra. Elles ne sont qu'à deux petites heures de Paris.

À deux heures de Paris

Neuilly

On ferme les valises. Lina peste parce qu'elle n'a pas pensé à faire ses machines de linge sale, avec toutes ces histoires. Claire ne cesse de regarder sa valise à nœuds roses en se disant qu'elle est tout à coup chargée d'histoire et de mélodrame. Lou fait une sélection dans ses vêtements, persuadée que le voyage sera de courte durée et Géraldine ne trouve plus les clefs de Deauville.

Au milieu de ce vaudeville, Patricia reprend ses esprits dans un coin du salon, en mode yoga et pleine pause « de l'enfant ». Depuis qu'elle a franchi la porte du cabinet du Docteur Benstein, elle a repris le yoga parce que sa quête intérieure passe aussi par le repos de son corps. Cette fusion entre cette gymnastique cérébrale et corporelle lui semble heureuse et de toutes façons elle s'en est convaincue dès la première séance. Et quand Patricia énonce une vérité peu de choses ou de personnes peuvent la faire revenir dessus.

Devant la fatigue générale et le peu d'entrain des troupes, on décide de prendre le train. Après tout, entre la place Morny et le Monoprix de Trouville on s'en sortira très bien sans voiture. Personne n'a non plus eu le courage de prendre le volant ni de trier suffisamment ses affaires pour que cinq petits sacs puissent au final entrer dans la voiture de Géraldine.

Le taxi les emporte vers la Gare Saint-Lazare et ça ne leur fait même pas plaisir.

Une espèce de léthargie s'est abattue sur le groupe. Ça évitera de dire n'importe quoi se félicite Patricia, avant de replonger dans les pages « enquêtes » du Elle de la semaine.

Claire a trouvé au kiosque de la gare un « spécial conquête des mâles » dans le Biba du mois. Elle n'y trouvera certainement rien de nouveau, mais dans le doute il faut bien mettre toutes les chances de son côté pour ne pas finir vieille fille.

Deauville,

Deauville est grise. Venteuse. Et le premier contact avec la Normandie n'est pas des plus agréables. Les floridiennes pestent et regrettent les plages de Miami. Lou se remémore les vacances de son enfance sur les plages du Débarquement et cette bonne odeur de marée qui la fait chavirer comme trente ans auparavant. Et Géraldine se bat avec la serrure de la porte. C'est l'humidité ! S'excuse-t-elle. C'est toujours comme ça en bord de mer.

Et même si le cœur ni est pas, on se prépare avec moult efforts pour diner dehors. Ce soir on s'offre le plus magnifique plateau de fruits de mer du restaurant !

Paris quatorzième arrondissement,

Laure ne s'ennuie pas dans sa petite chambre blanche. Fred ayant eu une légère hémorragie nasale, a demandé qu'on lui fasse des examens complémentaires. Et Laure supplie le médecin-chef de ne pas relâcher Fred dans la nature dans cet état douteux.

« C'est avec des malades comme ça qu'on creuse le trou de la Sécu » se dit le médecin qui signe vingt-quatre heures supplémentaires d'hospitalisation.

Peut-on pour autant préjuger que Fred est l'hypocondriaque type. Mais non ! Il est le prince de l'hypocondrie, la caricature vivante de ce que l'angoisse de la maladie et de la mort peuvent déclencher chez un sujet né a priori sain. Enfin physiquement sain.

Fred est d'ailleurs relativement connu dans les services d'urgence. Chez SOS-Médecins, on essaie d'ailleurs de lui envoyer à chaque fois le même médecin. C'est plus sympa et ça crée des liens, s'amuse la standardiste. D'ailleurs, il connait à peu près toutes les standardistes de SOS-Médecins. Quand une nouvelle voix répond, entre deux phases d'agonie, il prend soin de se présenter : « vous n'avez pas fini d'entendre parler de moi ma petite » gémit-il dans un dernier souffle.

Quant à son médecin traitant, il y a longtemps qu'il a fini de payer les traites de sa maison de Périgueux grâce à son plus fidèle client.

À chaque épidémie annoncée, Fred sait qu'il va mourir. Quand le SRAS a fait son apparition terrorisant le monde entier, Fred a appelé son médecin en lui disant qu'il pensait être contaminé :

« Faites-moi part de vos symptômes Monsieur Varrault.

— Les mêmes que le SRAS docteur, j'en ai bien peur.

— Mais encore…

— Nez qui coule, gorge prise, état grippal, mal à la tête…Alors docteur ?

— Alors c'est un rhume Monsieur Varrault. Un doliprane et au lit ! »

Comme tout bon hypocondriaque, Fred se regarde. S'écoute. Sent un battement de cœur plus léger. Connait les symptômes de l'ensemble des maladies et les reconnait sans hésitation. Se focalise sur des détails même les plus insignifiants pour le commun des mortels et qui deviennent symptômes d'une maladie sévère chez lui.

Une grande partie de sa bibliothèque regorge de livres médicaux et il a mis en favoris sur son ordinateur les principaux sites médicaux grand public. Quoique parfois, il recherche dans les publications professionnelles certains éléments que ne lui donnent pas les contenus vulgarisés. Parfois l'information est trompeuse, donc inquiétante. Il faut pousser plus loin l'analyse pour décider d'appeler ou non les urgences médicales.

Quand il a eu un bouton sur le nez, il ne s'est pas inquiété tout de suite. Un bouton c'est si commun.

Et le bouton est resté. Il a légèrement évolué, grossi. Et il a pris racine les semaines passant. Chaque matin Fred l'a observé scrupuleusement. Chaque matin, Fred est allé sur son ordinateur le comparer aux photos des boutons malins. Chaque soir Fred s'est endormi avec l'angoisse au creux du ventre. Un matin Fred a appelé son meilleur ami, et lui a dit qu'il avait un cancer.

L'autre a bien sûr été anéanti par cette nouvelle mais l'a emmené chez son médecin traitant. Fred n'en a pas eu le courage. « À quoi bon » lui a-t-il dit. « Autant vivre avec l'espoir. »

« C'est un bouton Monsieur Varrault. Un bouton certes un peu coriace, mais un bouton. Mettez un peu de cette crème pendant une petite semaine et on n'en parlera plus. Ah ! Et puis annulez la commande du cercueil, ce n'est pas encore pour cette fois » s'est-il amusé sur le pas de la porte.

Ça n'amuse jamais Fred. Il se sait constamment en danger. C'est une réalité. Point.

Ce matin-là, dans la chambre qu'il partage avec Laure, Fred s'habille. Malgré toute la bonne volonté qu'il a mise à feindre la maladie, on lui confirme qu'il est en parfaite santé. Ça tombe bien puisque Laure doit regagner Montrouge aujourd'hui aussi. Fred propose à Laure de célébrer leur sortie commune dans un petit restaurant qu'il affectionne particulièrement. Dès qu'une grosse envie de cuisine du Sud-Ouest le prend, il file au « 14 Juillet », à quelques rues de l'hôpital Broussais justement.

Fred commande un cassoulet, quelques amuse-gueules et fait part à Laure de ce qui le démange déjà depuis deux jours.

« Laure, vous ne savez pas tout de moi. Que je suis beau, charmant, drôle et un poil hypocondriaque certes…Mais qui suis-je ?

Je suis comédien. Vous allez me dire que ça va finalement de pair avec le reste. Bref…l'artiste que je suis a eu une idée lumineuse. »

L'idée de Fred, c'est de s'immiscer dans la vie de Paul. D'aller à ses conférences, de l'admirer, de soutenir ses actions… de s'en faire un ami pour mieux l'amener à la phase deux de son plan.

« Et c'est quoi votre plan mon petit Fred ?

— Ah ma chère Laure, si je vous dévoile tout maintenant, que me restera-t-il pour vous impressionner plus tard. Faites-moi confiance. »

Ce qu'elle décide de faire en félicitant Fred pour le choix du menu et du restaurant. Fred se dit qu'il a peut-être un peu abusé d'ailleurs sur les quantités et ose espérer qu'il digérera tout cela convenablement. Une occlusion est si vite arrivée….

Deauville,

À Deauville, la vie se poursuit au rythme du shopping et des restaurants. Une vie cent pour cent futile, finalement si agréable après ces quelques jours éprouvants.

Pourtant, toutes ne cessent de retourner cette histoire dans leur tête. Elles ne peuvent se résoudre à attendre, et encore moins à laisser tomber…Un déclic ? Il faut que l'une d'elles trouve la solution adéquate.

Géraldine a invité Sophie à les rejoindre, si elle peut abandonner quelques jours son mari et ses enfants. Ce qui lui est accordé par un mari bien complaisant.

« Toi Sophie, tu as su éduquer ton mari » fait remarquer Lina.

« Tu n'éduques personne » s'amuse Sophie, « tu choisis juste le partenaire avec qui tu penses pouvoir vivre harmonieusement. »

Une petite phrase qui laisse perplexe Lina. Une grande phrase qui emporte Claire au pays des songes et des princes charmants.

Car Sophie, élevée par des parents trop compliqués s'est toujours jurée de vivre sans emprise et simplement. La famille est son ciment mais elle a eu besoin de signer un pacte de respect de l'autre avec son mari. Elle a choisi un artiste, pour sa liberté d'actions et de pensée, la gestion du temps et son besoin de vivre parfois seul. Il comprend ses envies de diner entre copines, elle respecte ses besoins de s'enfuir deux jours en Province, peinture et pinceaux sous le bras. Sophie travaille du matin au soir ramenant un salaire fixe qui assure le quotidien. Son mari promet des mois de vaches maigres ou de fabuleux extras dont tout le monde profite. Comme ce jour où il a vendu toute une série de toiles à un collectionneur russe et qu'il a réservé dans la foulée une semaine de croisière de luxe sur la méditerranée. Et finalement elle aime ces surprises, Sophie. Elle aime ces moments inattendus. Elle aime qu'il s'enflamme et transforme quelques fois par an leur quotidien en une fête sans retenue.

Comme pour son anniversaire, où il a loué une péniche, y a installé dix des amis les plus proches de Sophie sans qu'elle le sache…et organisé une semaine d'amitié inoubliable sur la Seine. Ça a été une semaine d'exquis bonheur où toute cette joyeuse bande a vécu d'amour, d'amitié et de fous rires.

Sophie rejoint donc les filles avec grand plaisir. Il y a des gens comme ça, à qui on s'attache vite et sans trop savoir pourquoi. Un sentiment de déjà vu, de bien-être et de convivialité qui ne s'explique pas. Et de part et d'autre, on juge que Sophie est devenue partie intégrante de la bande.

Sophie n'a pas revu Paul. Elle a appelé mais n'a pas parlé de Laure. C'est Paul qui a évoqué le sujet avec elle. Il lui a raconté l'aveu de Nicole et la colère qui ne retombe pas depuis. Il n'arrive pas à se convaincre qu'elle peut s'effacer. Balayer en quelques heures des décennies de trahison et de tristesse. Plus il y pense et plus il s'éloigne de l'idée qu'il sera un jour capable de retrouver Laure.

Sophie l'a écouté, l'a compris et lui a dit qu'il faut parfois plus de temps à certains pour accepter les affres de la vie.

Elle lui a expliqué aussi qu'il faut qu'il puise au fond de son inconscient pour trouver la force de répondre à ses envies. Que veut-il finalement ? Embrasser de tout son cœur sa sœur disparue si longtemps ou mettre en avant son foutu égo dont tout le monde se fout. Poses-toi les bonnes questions Papa, a-t-elle conclu.

Personne ne lui a jamais rien demandé à elle. Personne ne s'est demandé ce qu'elle a ressenti quand sa mère a décidé de quitter cet égoïste de Paul pour suivre son professeur de méditation orientale à Bombay. Entre une mère absente et un père distant elle s'est construite seule. Elle a déterminé son choix de vie et a tout fait pour y parvenir. Elle s'est mise en tête de défendre un équilibre précieux de vie avec de solides bases familiales, de travail et d'amitié et elle y arrive. Et elle en est fière.

Sa mère revient tous les deux ou trois ans sur Paris. Elle maudit cette vie de perdition et de surconsommation parisienne mais se doit de voir Sophie et ses petits-enfants. Par devoir. Par éducation. Par culpabilité.

Sophie aussi est partie en Inde. À dix-huit ans, cela lui a semblé passionnant. Elle est alors en pleine période « grunge » et est très fière, dans ce laps de temps, d'avoir une mère hippie. Elle passe alors deux mois en Inde, en fait le tour, souvent seule, se rapproche de la pensée positive et s'éloigne plus encore de sa génitrice.

Alors parfois elle plaint Paul. Et depuis quelques jours, plus encore.

Son père n'a finalement eu qu'une vie d'échecs sentimentaux. On dit que l'échec entraine l'échec... Elle aurait dû lui enseigner la pensée positive. Et ça la fait sourire.

Lina se sent bien mieux depuis qu'Alain a fait ses valises et est reparti aussi vite qu'il est venu. Elle a l'impression d'avoir gagné une victoire sur sa capacité à ne pas dépendre totalement de lui. Des hommes. De leur argent et de leur pouvoir.

Et puis Alain en a été un peu ébranlé aussi. Il s'est rendu compte qu'il a été à deux doigts de perdre Lina. Alors il a accepté de rentrer pour sauver son couple.

Il lui a promis de tirer les conclusions de cet épisode de discorde et il semble tenir parole. Il s'est remis à travailler comme un forcené, à gagner beaucoup d'argent et à le dépenser avec aisance.

Il a passé aussi pas mal de temps à Miami avec les enfants, ne faisant qu'un court aller-retour sur New York pour régler les affaires en cours. Et cet intermède à trois lui a fait le plus grand bien. Finalement, il regarde grandir de loin ses enfants et il en prend tout à coup conscience. Il y a toujours un bien dans chaque épreuve rencontrée, se dit-il. Cela fait partie des enseignements de la vie.

Lina et Alain s'appellent deux fois par jour, pour prendre des nouvelles de la veille, parler des enfants, se raconter leur journée respective et se souhaiter bonne nuit. Et ça fonctionne plutôt pas mal.

Montrouge,

Laure s'en est retournée dans l'appartement de Montrouge. Et ça la rassure finalement. Nicole s'est adoucie, certainement rongée par la culpabilité et affectée par cet amour fraternel brisé. Elle en a été complice... Elle n'était pas en âge de contrer, à l'époque, les décisions de sa mère et après elle a oublié cet incident, l'a rangé au plus profond de sa conscience. Et le temps est passé.

Laure s'est réfugiée dans la chambre de son enfance. Elle n'est plus rose. Nicole l'a fait peindre en mauve et s'en sert comme chambre d'amis. Pour des amis qui ne viennent jamais. Pour des amis qu'elle n'a pas. Elle y range ses livres, sa couture et les anciennes photos.

Laure passe des heures à feuilleter les albums jaunis. Laure pleure beaucoup. Tendrement et en silence. Elle s'attarde sur les albums de l'enfance mais constate aussi que Nicole a conservé toutes les photos d'elle, de ses voyages, de ses proches depuis ces longues années. Toutes les photos que Laure lui envoie chaque année.

Tiens Mary y est aussi...

New York,

Mary n'a aucune idée de ce que sa mère est venue réellement faire à Paris. Mary est attachée de presse. Mary court du matin au soir dans une ville déjà survoltée, et a déjà du mal à s'intéresser à elle...

Quand Laure lui a annoncé qu'elle désirait partir quelques temps en France, Mary a trouvé ça plutôt sympa. Elle ne lui a pas demandé pourquoi, comment ni où.

C'est Laure qui lui a expliqué qu'elle a besoin de renouer avec son enfance, qu'elle va chez sa demi-sœur et qu'elle ne devait pas s'inquiéter pour elle. Mary n'a de toute façon pas pris le temps de s'en inquiéter. À aucun moment Laure n'a évoqué Paul. Ni quand elle l'a retrouvé dans la presse, ni quand elle a pris son billet d'avion. Elle en a parlé une fois à Mary, quand elle a eu l'âge de comprendre. Elle est revenue sur la disparition de ses parents, l'orphelinat, la séparation avec son grand frère et puis voilà. Elle a pensé que Mary devait connaitre son histoire. Mary a écouté. C'est intéressant mais elle se sent très étrangère à ce passé. Elle le voit comme l'épisode d'un roman dont sa mère est l'héroïne. De l'extérieur. Par la suite, Mary a posé quelques questions, notamment quand elle a dû rendre un projet scolaire sur la Seconde Guerre mondiale. Quoi de mieux qu'une encyclopédie vivante s'est-elle dit en faisant témoigner Laure.

Mary habite un charmant deux pièces dans un petit immeuble Elisabéthain de l'Upper-East-Side et sa vie tourne autour des lancements de produits, des défilés de mode, des avant-premières et des diners clients. Et Mary trouve ça formidable.

D'ailleurs Mary a croisé Alain avant-hier. Il a été invité au lancement d'un nouvel anesthésiant par un gros laboratoire médical et Mary s'est occupée avec son équipe, de sa promotion. On lui a signalé qu'Alain avait un gros laboratoire d'analyses et qu'il serait intéressant qu'elle se présente à lui. Ils ont un peu discuté en anglais puis Mary a lâché une pensée à haute voix en français.

— Vous êtes française ?
— Ma mère… qui est d'ailleurs à Paris en ce moment.
— Décidemment, c'est une destination très prisée en ce moment. Mon épouse y est aussi.

Très vite accaparée par d'autres invités, elle s'est excusée et repris le rythme effréné de la soirée.
Elle est jolie cette Mary pense Alain…

Montrouge,

« C'est toute une vie qui défile dans ces albums » se dit Laure. « Toute ma vie, car finalement il y a très peu de la vie de Nicole. »
« Qu'est-ce qu'il vaut mieux ? » Se demande alors Laure « vivre une vie où l'on trébuche souvent mais une vie de passions ? Ou vivre recluse sans problèmes ni bonheurs, en attendant que la vie trace son chemin. » La vie misérable de Nicole la fait frissonner.

Elle va la rejoindre et lui propose de passer l'après-midi au Jardin des Plantes. Comme quand elles étaient petites. Qu'est-ce qu'elles l'ont aimé le Jardin des Plantes. Elles visiteront le Musée de l'Évolution que ni l'une ni l'autre ne connaît, elles prendront un goûter sous la verrière…Et elles parleront, comme si, ni la vie, ni les événements n'avaient eu de prise sur elles.

Entre-temps Fred a commencé à élaborer sa stratégie. Cette petite mission l'amuse au plus haut point et lui a redonné l'envie de sortir de son lit.

Ces derniers temps, Fred est plutôt en mode dépression. Et quand il est dans cet état, c'est fou ce que la maladie semble s'emparer facilement de son corps.

D'ailleurs à bien y réfléchir, quand il a été G.O. au Club, il n'a jamais été malade. Bon, quelques piqûres d'insectes inquiétantes, quelques diarrhées proches des symptômes de la Malaria, quelques signes redoutés d'une mauvaise MST contractée… Mais rien de plus !

Et puis ça a été très bien soigné à l'époque. Surtout en plein camp retranché du Club !

Il faut dire que Fred n'a jamais non plus vraiment eu d'épaule sur laquelle s'épancher. Dans sa période G.O., il tombe amoureux chaque semaine. Il choisit plutôt ses victimes parmi les Gentilles Membres. Ça lui permet de s'assurer que l'histoire prend fin sous quelques jours. Une fois, il est tombé amoureux d'une animatrice. Un drame ! Elle a voulu s'installer avec lui. Et ça, la vie à deux, pour

Fred, c'est une hérésie. Partager son verre à brosses à dents et ses toilettes, c'est rédhibitoire. Certes il a eu quelques histoires un peu plus sérieuses que les autres. Plus tard. Mais lassées de se sentir si peu désirées – à part sexuellement – les copines de Fred vont vite voir ailleurs si l'herbe est plus verte. Et elle l'est souvent.

Depuis qu'il est devenu comédien indépendant, il frôle la mort chaque semaine. Il faut dire que les temps sont durs pour les intermittents du spectacle. Il a bien fait un peu de publicité, de l'événementiel, même l'homme-sandwich quand il l'a fallu…Mais les fins de mois sont serrées. Alors ça lui déclenche des bouffées de stress terribles et des angoisses incontrôlables. Souvent, certains soirs, il attend que la mort l'emporte dans la nuit. Il en a reconnu les symptômes. Et au petit matin, il finit par se lever, rassuré par la lumière du jour, et part se faire un café pour affronter la journée.

Malgré tout, Fred est très aimé. Son côté boute-en-train, animateur de bande et gai-luron fait de lui un copain apprécié. On passe des soirées inoubliables avec Fred !

C'est l'après-soirée qui est plus difficile pour Fred. Quand le rideau sur Fred-le-mec-si-drôle tombe et que Fred se retrouve avec lui-même, ses doutes, sa morbidité et ses angoisses.

Avec son histoire terriblement romanesque, Laure lui donne un coup de pouce inattendu !

Il décide alors du rôle qu'il va jouer, sélectionne quelques vêtements dans sa garde-robe et promet d'investir dans une paire de chaussures décentes.

Il se construit un personnage, un passé, une famille, des idées et cherche sur internet les prochaines dates de conférences de Paul.

Il n'aura pas longtemps à attendre. Paul participe à un colloque ce vendredi à la faculté de la Sorbonne.

Il s'inscrit en ligne et descend prendre un café chez Momo en bas, d'une humeur légère et agréable. Ce que Momo ne tarde pas à lui faire remarquer d'ailleurs.

Un nouveau rôle, justifie-t-il simplement pour couper court à toute conversation embarrassante.

Deauville,

Géraldine commence à s'ennuyer sans Éric. Sa bonne humeur communicative et son habileté à rendre féerique chaque moment simple, lui manquent. Elle l'a connu au hasard d'une soirée entre copains. Ils ont bien ri, bien bu. Prémices d'une complicité en devenir.

Puis Eric devint le bon copain rêvé. Toujours prêt à rendre service, à sortir diner, à faire la fête, à boire un verre…Et puis elle s'est laissée charmer par ce garçon dont elle aime la façon de vivre. Depuis ils ont affronté les divorces de chacun, les problèmes professionnels, les soucis familiaux d'Éric et les enfants du couple. Et ils ont formé un joli ménage, une belle famille recomposée.

Ce voyage, ces vacances, ses copines enfin réunies… Ce projet, elle l'a voulu plus que tout ! Des mois durant elle les a convaincues une à une ! La maison Normande de Géraldine est grande ! Deauville, c'est un peu la Madeleine de Proust de chacune, un lieu idéal pour se retrouver comme avant. Mais là, le temps n'en finit pas de prendre son temps. Elle veut rentrer…

L'aventure prend fin après-demain et elle ne s'en plaint pas. Même si elle a l'impression que rien finalement n'a réellement commencé.

« Je viens d'avoir Laure. Elle s'est emmourachée de son voisin d'hôpital à mon avis. » Lou vient de raccrocher. « Il est en train de préparer une mise en scène pour séduire Paul et l'amener à la revoir. Je n'ai pas tout suivi ni tout compris, mais ça me parait encore une de ces idées qui n'aurait jamais dû voir le jour. »

« Il est très sympa Fred » interrompt Claire. « Vous avez cette faculté à juger les gens de prime abord. C'est fatiguant. Je suis sûre que c'est un garçon plein de qualités et de surprises. »

C'est ce qu'elle dit aussi à Laure, quand elle décide de l'appeler dans l'après-midi pendant que les filles bronzent à la terrasse du Bar du Soleil. Elle cherche à en savoir plus sur le stratagème mis au point par Fred et Laure n'est pas avare en détails.

« C'est l'idée de base ma petite Claire car Fred ne m'a pas mise dans toute la confidence. Je me demande même s'il sait vraiment où il veut aller…Mais je n'ai rien à perdre ! …Et puis ça lui fait tellement plaisir de tenter de m'aider.

— Je rentre après-demain Laure. Voyons-nous tous les trois. Je peux peut-être être d'une quelconque utilité… » propose Claire pour conclure la discussion.

Être d'une quelconque utilité, c'est ce qu'elle fait de mieux Claire. Qui plus est, elle a repéré son prochain amant au cœur de cette bonne action … Ni beau, ni riche…Mais brillamment drôle ! Et ça, c'est une qualité essentielle à ses yeux !

Finalement, elle est toujours tombée amoureuse d'hommes à problèmes, qu'elle doit porter sur des épaules déjà peu solides. Au lieu de construire, elle se fait détruire par l'autre, qui l'emmène inexorablement vers sa chute. Quand l'âme sœur finit par se reconstruire, elle met des mois à panser ses plaies.

Les drôles, les comiques, les spécialistes du bon mot, restent généralement les potes. Comme si elle se refuse à vivre une histoire qui lui convient, qui lui donnerait un peu de cette sérénité qui lui fait défaut. « Pourquoi je refuse toujours de les laisser franchir cette barrière qui transforme l'amitié en amour ? Pourquoi me refuse-je à chacun avec un brin humour ? » Elle ne prend conscience de ce gâchis qu'à l'aube de cette nouvelle histoire, celle qu'elle fantasme avec Fred. Fred, le garçon qui ne s'unit pas, ne construit rien et n'attend rien de l'autre. Fred, l'homme indomptable, hostile à l'idée même du couple, qu'aucune femme n'a réussi à enfermer à ce jour.

Mais ça, Claire ne le sait pas. Elle ne voit que l'amuseur public qui lui fait un bien fou. Encore un défi de plus, encore une histoire pas simple, encore un homme qui n'est pas fait pour elle….

Alexandre est resté discret. S'il veut tenter de reconquérir Patricia, il doit le faire sur la pointe des pieds. Et encore, il risque quand même de faire trop de bruit.

Et puis c'est Patricia qui décide de faire le premier pas. Contre toute attente.

« Alexandre,

Juste pour te tenir au courant des avancées, si bien sûr cela t'intéresse vu ton silence depuis quelques jours. Sophie a été charmante, tu devrais consolider tes liens avec elle, elle peut t'apporter beaucoup. Bref, Paul n'a pas voulu entendre parler de Laure car Laure lui a écrit enfant qu'elle a décidé de l'éliminer de sa vie... Laure n'a jamais écrit cette lettre...

Je te rappelle ! »

Laure n'a jamais écrit de lettre… Devant les aveux de Nicole sur les lettres de Paul, détruites, tous ont complètement oublié la base même de cette discussion. Une lettre de Laure demandant à Paul de l'oublier. À tel point, que même Paul ne l'a pas évoqué quand Nicole lui a dit qu'elle a vu sa mère jeter ses courriers… Personne n'a parlé de cette correspondance incriminée. Aussi incroyable cela puisse-t-il être !

« Bonjour Laure. Vous êtes avec Nicole ?

— Oui, nous nous promenons…Nous sommes au Jardin des Plantes…

— Laure, on a tous oublié de comprendre l'élément essentiel de toute cette histoire ! »

Laure raccroche. Se tait. Puis entraine Nicole vers un banc dans l'allée principale.

« Nicole, je vais encore avoir besoin que tu fasses marcher ta mémoire.

— Bien sûr…

— Nicole, qui a écrit une lettre à Paul à ma place ? Qui a demandé à Paul en mon nom, de ne plus chercher à me voir ? …

— Je ne sais pas Laure…Je te jure que je ne sais pas…. Pas moi je te le jure, pas moi… »

Sophie promet d'essayer. Elle va appeler Paul et lui demander si à tout hasard il a conservé cette lettre. Elle ne le pense pas. Son père n'a pas un seul de ses dessins d'enfant, et elle n'a jamais vu une de ses cartes d'anniversaire trainer sur un bureau…Alors un souvenir aussi douloureux…

« J'ai cette lettre Sophie. Je l'ai gardée pour rester fort chaque jour face à l'adversité et les coups bas de la vie. Chaque fois qu'un problème se présente, alors je relis ce que Laure m'a écrit, et alors plus rien n'a d'importance. J'ai relativisé tous les soucis de mon existence en les comparant à la perte de ma sœur. Oui j'ai cette lettre. Je la photographie et te l'envoie. »

De téléphone en téléphone, elle arrive bientôt sur le Smartphone de Patricia, qui la transfère sur l'adresse email de Laure.

Laure et Nicole n'ont pas quitté l'écran de l'ordinateur. Elles attendent qu'un nouveau message apparaisse dans la boite de Laure après l'appel de la grande rousse.

Il apparait bientôt. Laure met quelques secondes pour l'ouvrir. L'appréhension ralentit ses gestes, et Nicole n'est guère plus vaillante.

C'est l'écriture d'Hélène. Pas son écriture habituelle, non. Une écriture déformée pour lui donner un style plus enfantin. Pourtant la boucle du R sur la droite est la même. Le I danse de la même façon, et ce L reconnaissable entre cent avec sa terminaison qui s'enfuit sur la gauche en prenant de la hauteur…Hélène a écrit cette lettre. Hélène a écrit cette lettre pour ne plus avoir à déchirer celles de Paul. Pour mettre fin à cette culpabilité qui la ronge à chaque fois que la petite enveloppe ivoire se présente dans le courrier.

Nicole et Laure sont anéanties. Et pourtant, qui d'autre que Hélène a pu envoyer cette lettre à Paul.
Laure en informe Patricia, qui en informe Sophie, qui en informe Paul.

« Moi je suis sûre que Paul va craquer » déclare Claire entre deux bouchées de tarte normande aux pommes rehaussée d'une boule de glace vanille.

— Tu sais Claire, la souffrance efface l'objectivité » interrompt Patricia.

— Mais c'est une méprise, une malheureuse méprise.

— Rappelles-toi Claire, Paul a parlé de méprise dès son premier courrier... Peut-être s'est-il préservé lui aussi finalement. Peut-être a-t-il accepté ce courrier et en a-t-il été soulagé. Peut-être que lui aussi en a eu assez de souffrir.

— Bon on est en plein mélodrame » s'exclame Géraldine.

« Ça fait une semaine qu'on nage en plein drame » conclut Lina qui attaque son deuxième éclair au chocolat.

On a élucidé le mystère de la lettre, mais on n'a pas avancé sur le reste, sur l'essentiel.
Le séjour à Deauville prend fin sans qu'il ait rempli les attentes de chacune.

Elles ont pu lever le pied certes mais la frustration domine.
Dernière nuit chez Géraldine et puis le départ vers New York pour Lou et Miami pour les autres.

Déjà Claire a programmé de rater l'avion sans rien dire à ses amies...Elle n'en a pas fini avec Fred. D'ailleurs elle n'a même rien commencé. Mais son intuition la pousse à suivre cette voie et à ne pas renoncer à tenter l'aventure, quelle qu'elle soit. Et des aventures ratées, Claire en a tellement accumulées...

Arrivées à la Gare Saint-Lazare, Claire prétexte que sa tante vient de l'appeler pour la recevoir à diner le soir même. Elle balbutie qu'elle ne peut pas le lui refuser une fois encore et qu'elle les rejoindra plus tard. Elle s'engouffre dans un taxi et appelle Sophie.

« Sophie je ne sais pas où dormir ce soir... Je peux venir chez toi ? »

Elle explique à Sophie qu'elle sent que l'approche de Fred pour permettre à Laure et Paul de se retrouver est la bonne, et qu'elle veut y travailler avec lui. Elle avoue avoir menti à ses amies, pour ne pas avoir à donner des explications dans lesquelles elle s'emmêlerait indéniablement. Elle a voulu éviter les conseils, les reproches et la longue liste des erreurs qu'elle risque de reproduire une fois de plus.

Alors comme l'enfant qu'elle ne cesse d'être... Elle a menti.
Cet aveu amuse beaucoup Sophie. Cette fille est à côté de la plaque, mais j'aime sa candeur et sa fraicheur pense Sophie.

Claire dîne avec Sophie, Gilles et ses enfants. Elle raconte Miami, la mer, les requins, Disney, les alligators, les voitures de sport et les rappeurs du monde entier qui viennent jouer chaque soir ! Elle fait un tabac auprès des petits garçons de Sophie qui raconteront dès le lendemain aux copains, que sa mère a une vraie copine américaine formidable.

Une fois installée sur le meilleur canapé du salon, Claire envoie un message à Laure. Qui lui répond immédiatement tant le sommeil est difficile à trouver.

Rendez-vous est pris pour demain neuf heures sur l'Ile Saint-Louis. Claire a demandé à Laure de supplier Fred de traverser la Seine pour qu'elle puisse profiter de ce havre de paix à l'heure où le soleil s'installe péniblement sur la Capitale.

Ces petites joies toutes simples que Claire a toujours su apprécier. Claire finalement ne court pas après des rêves très compliqués et inaccessibles. Elle veut juste son petit bonheur à elle, tout simple.

Elle n'est pas rentrée à Neuilly. Elle n'a pas prévenu Géraldine. « Je me suis endormie sur le canapé » ment-elle avant de l'informer qu'elle les rejoint directement à l'aéroport demain matin. « Trop de contraintes familiales encore aujourd'hui » explique Claire.

Et Fred arrive. Et Claire succombe. Déjà.
Il raconte la conférence de vendredi. Comment il s'est placé suffisamment prés de Paul pour acquiescer de la tête quand il prend la parole, pour prendre des notes quand l'orateur se tourne vers lui, et pour poser deux questions intéressantes quand le débat avec la salle commence.

Fred a potassé. Il a préparé son dossier en lisant une bonne dizaine d'articles sur le sujet et en décortiquant la prose de Paul. Paul Bloch n'a plus de secrets pour lui…Enfin presque.

Claire et Laure écoutent, ravies et subjuguées par le jeu d'acteur de Fred.

« Quand tout le monde s'est levé, je suis allé le féliciter et lui dire que j'apprécie sa clairvoyance sur le sujet. Il m'a remercié et je suis parti. »

— C'est tout ? » s'étonne Claire.

« Comme vous dites, vous les américains, Step-by-step*. On n'a pas conquis Rome en un jour. La seconde conférence est demain…Vous pensez pouvoir patienter vingt-quatre heures ? » ironise-t-il.

« Tu vas nous manquer jusque-là » lui répond Claire avec un large sourire charmeur.

Laure plonge alors le nez vers sa tasse de thé pour ne pas déranger.

Fred plonge le sien dans son café, en se disant que les ennuis ne vont pas tarder à commencer.

Et Claire dans les bulles de son coca en réalisant qu'elle vient d'être bien effrontée.

Pourtant Fred ne laisse pas partir Claire. Il aime bien cette petite frimousse. Il a toujours eu un faible pour les femmes-enfants. Petits seins et fesses plates. Grands yeux étonnés et sourire malicieux.

Ils retraversent la Seine vers la Rive Droite. Fred se sent toujours plus à l'aise chez lui, de ce côté du fleuve. Ils vont flâner à la Fnac, achètent quelques petits plats chez le traiteur grec et montent réchauffer le tout chez Fred.

Claire est surprise de découvrir l'antre du comédien. Tout est impeccablement rangé. L'appartement est propre et ne ressemble d'aucune façon à l'image qu'elle se fait d'une maison de saltimbanque... Elle se surprend à se trouver ridicule et réductrice dans sa pensée et suit Fred dans la cuisine.

Fred se réveille inquiet.

Petite frimousse dort, heureuse et sereine, et la dernière chose qu'il veut, c'est la blesser.

« Elle repart bientôt Fred, elle vit de l'autre côté de l'Atlantique ! C'est suffisamment loin pour que tu ne démarres pas une poussée d'urticaire sur le champ. »

Claire ouvre les yeux, l'embrasse et se lève préparer le petit déjeuner.

Elle est bien.

Il est génial !

Entre-temps elle découvre vingt-deux messages sur son téléphone !

Les filles !

Mince !

La batterie de son téléphone s'est déchargé hier soir et elle ne s'en est même pas aperçue, perdue dans le délice du moment présent.

« L'avion ! Les filles ! Je les ai complètement oubliées ! »

Elles vont l'étriper.

Mieux, elles hurlent d'une seule voix en entendant celle de Claire à l'autre bout du téléphone. D'inquiétude d'abord, puisqu'il est presque dix heures et Claire ne s'est toujours pas présentée à l'embarquement. Puis de colère, car ce n'est pas possible à trente-cinq ans d'être toujours aussi écervelée.

Claire s'excuse. Elle ne dit pas où elle a passé la nuit. Elle ne dit pas non plus qu'elle enfile sa veste et arrive. Elle se débrouillera pour prendre le prochain avion. Qu'elles ne s'inquiètent pas.

Fred se dit que cette petite a de l'avenir sur scène. Il réalise aussi qu'elle n'a pas programmé son retour et il sent tout à coup une petite douleur au niveau de l'estomac. « Au mieux un ulcère, au pire un cancer » se dit-il avant de filer sous la douche.

Fred désire aller seul à la prochaine conférence de Paul. Il explique à Claire qu'il a besoin de concentration pour mener à bien sa mission. Elle promet alors de s'occuper du diner et cette perspective l'enchante. Elle n'a pas appelé Air France. Elle a tout juste prévenu sa mère qu'elle a raté son avion et en profite pour poursuivre un peu son séjour qui n'a pas été des plus simples. Claudia aime les contretemps et de toute façon, il n'est pas dans ses habitudes de s'inquiéter d'autant plus qu'elle n'a aucune idée de la date de retour initiale de sa fille.

« Je promets d'être une mère exemplaire » se dit Claire en mettant fin à cette conversation, qu'elle juge désastreuse – comme d'habitude.

Fred se replace aujourd'hui encore au premier rang. Écoute scrupuleusement le discours enfiévré de Paul et va de nouveau l'attendre à la fin du débat.

« Vous allez me trouver entreprenant, mais vos idées sont miennes depuis longtemps. Je dirige une agence de relations publiques et je pense qu'il y a un vrai travail à accomplir pour médiatiser plus encore le débat. Si vous en avez un peu le temps et l'envie, je me ferai un plaisir d'y travailler quelques heures avec vous.

— Merci de vos compliments et de votre soutien. Nous avons effectivement besoin de porter le débat sur la place publique avec plus de force encore. J'accepte donc votre proposition avec plaisir. Retrouvons-nous demain, si vous êtes libre. Je n'aime pas les bureaux. C'est mon côté pigeon-voyageur. Retrouvons-nous à la Closerie des Lilas à 13 heures si cela vous convient. »

Fred jubile même s'il doit avouer avoir pris des risques. Son scénario n'est pas aussi ficelé qu'il veut bien le croire. Il s'en est fallu de peu pour que Paul lui demande de le rencontrer dans ses bureaux. Il aurait fallu prétexter un malaise ou un coup de téléphone urgent suivi d'un « Paul, c'est New York qui m'appelle. Je vous envoie l'adresse sur votre téléphone dans l'heure ».

Il est grand temps de préparer l'entrevue de demain. Il faut être capable de broder sans trop improviser quand Paul lui demandera le nom de l'agence, ses campagnes célèbres où quelques publications. Fred jette un Alka Seltzer dans un grand verre d'eau et se prépare à vivre une nuit agitée.

Géraldine est rentrée et a retrouvé les siens à la maison ! Quel bonheur ! Et comme ils lui ont tous manqué. Éric a prévu qu'ils partiront tous à Marrakech vendredi matin… » Un petit jour d'école en plus ou en moins, ça ne changera pas la destinée de leurs petits » a-t-il argumenté pour convaincre Géraldine.

Lou a pris son vol pour New York. Seule. Elle a sorti le bloc de papier et le stylo qu'elle a pris avec elle à l'aller…

À l'aéroport Rob et Prune, la cadette, sont là et qu'il est bon de les embrasser.

« Bethsabée est occupée ?

— Bethsabée est insupportable » lui répond Rob. « Elle a passé la semaine à exiger que je prenne en considération ses envies de partir. Elle m'a sommé de lui répondre sur ses besoins financiers et ce que je pense faire pour l'aider. Le ton est monté à chaque fois tu penses bien. Comment veux-tu que je gère cela en ton absence » s'enflamme Rob !

Lou se dit que le retour qu'elle a rêvé féérique risque de tourner au cauchemar … Et que finalement elle va peut-être retourner régler la vie de Laure ! Ce sera bien plus simple.

Bethsabée a, ce qu'on appelle, du caractère. Bien plus imposant d'ailleurs que celui de ses parents. « Ça doit venir de ton côté » balance Lou à Rob lors de chaque crise familiale.

C'est une gentille fille, sensible, mais qui de toute évidence a décidé que l'adolescence ne serait pas de tout repos pour ses parents. Et elle a su tenir ses promesses.

Elle a donc planifié avec son amie Clarissa son départ pour Los Angeles et envoie ses applications aux universités de l'État en espérant décrocher le sésame tant attendu.

« Sais-tu au moins ce que coûte le fait d'étudier dans un État différent du tien ? Qui paiera les cinquante mille dollars de frais universitaires annuels ? » a hurlé Rob.
« Si tu ne m'aides pas, j'emprunterai ! » lui a-t-elle répondu. « D'ailleurs Grandpa et Grandma sont prêts à m'aider. »

Grandma et GrandPa sont les parents de Rob. Ce qu'ils aiment le plus au monde, c'est contrecarrer les projets de leur fils unique. Ce fils qui n'en fait qu'à sa tête depuis sa petite enfance. Quand il a décidé d'étudier en Europe alors que la Californie regorge de bonnes facultés ! Quand il a décidé d'épouser une française qu'ils ne connaissent même pas alors que sa petite amie précédente vient d'une bonne famille Bostonienne. Quand il est parti pour New York au lieu de revenir poser ses valises et élever sa famille à Los Angeles. Alors l'occasion est trop belle, ont-ils pensé quand Bethsabée leur a fait part de son plan. Leur petite-fille veut venir étudier à Los Angeles. Qu'à cela ne tienne ! Elle pourra compter sur leur soutien et ils l'ont assurée qu'ils participeront à ses besoins financiers.

Patricia et Lina ont réussi à voyager en Business Class. À l'embarquement, Lina a reconnu un vieil ami qui effectue la rotation Paris-Miami régulièrement… « Au moins que cela serve pour une fois » a-t-elle confié à Patricia, qui contrairement à son habitude, ne relève pas et ne trouve finalement rien à dire. Trop fatiguée !

Patricia a fini par appeler Alexandre. Elle a bien tenté de finir l'email interrompu …En vain. En raccrochant, elle réalise que cet appel lui a fait plaisir.
« Tu me parleras de mon père en rentrant » lui a-t-il dit avant de raccrocher.

Lina et Alain ont repris leur routine. Pour l'instant le statu quo est de mise, mais chacun sent bien que tout peut basculer soudainement.

Lina reste désormais le week-end à Miami et Alain prend son vendredi pour rallonger cette fin de semaine en famille.

Paris,

Fred est en pleine représentation. Il déroule son plan d'action. Paul le corrige, lui indique quelques modifications qu'il souhaite vivement intégrer dans la stratégie finale. Les deux hommes commandent à déjeuner.

Fred hésite un moment entre le tourteau et la pièce de bœuf, puis juge que consommer les crustacés à l'extérieur présente toujours un risque à ne pas négliger.

Paul choisit un tartare qu'il mange entre deux récits enflammés de ses combats passés.

Paul remercie Fred de ce soutien inopiné et Fred pense qu'il est finalement un grand acteur méconnu.

Le comédien estime, en quittant Paul, qu'il est temps de passer à la deuxième phase de son plan. Celle où il introduit Laure. Il a été très cachotier avec sa vieille amie quand elle a voulu en savoir plus. Et pour cause. Il n'a pas alors le début du commencement d'un moindre plan d'action. Pas la moindre idée de comment il va attaquer la suite des événements. La stratégie de départ est parfaite. La suite est – comme à son habitude – « en cours ». Il va trouver. « Je ne suis pas plus idiot qu'un autre » pense-t-il pour se rassurer. La douleur est revenue et il décide de s'arrêter dans la première pharmacie avant que son état ne s'aggrave.

En rentrant, il prend plaisir à trouver Claire chez lui. Et s'en étonne.

Ils parlent beaucoup. Mangent peu et font l'amour une bonne partie de la nuit.

Claire ne parle toujours pas de rentrer et prétexte à ses copines qu'elle a finalement repris contact avec son vieux copain croisé à la boulangerie et que tout se passe extrêmement bien entre eux.

« Un mensonge de plus » se dit-elle « mais c'est ma seule chance de vivre sereinement cette histoire. »

Au pays de la Grande Sauterelle

Alain est harassé. Il a investi dans ce gros laboratoire médical il y a une dizaine d'années. Sans compétences médicales mais en s'entourant parfaitement et avec la certitude qu'il y a beaucoup d'argent à la clef. Et il ne s'est pas trompé. Au fil des années, le laboratoire grossit et son emploi du temps ne lui appartient plus.

Et Lina a toujours bien composé avec cette indisponibilité, lui offrant une liberté dont elle a toujours usé. En acceptant le magnifique solitaire que lui offre Alain un bel après-midi de mai, en guise de sceau de mariage, elle accepte la vie qui va avec les plus grands espoirs. Et elle s'est trompée. Radicalement. Chaque minute d'absence est une minute de suspicion. Si Alain pouvait greffer une puce sur Lina comme sur son chien, il le ferait sans la moindre hésitation.

Elle a fini par en faire son quotidien. Et puis un jour elle partira. C'est toujours comme ça avec elle. Le grand amour n'a pas la saveur de ses contes d'enfants ni celui de ses parents, mais plutôt des pages People des magazines.

Ce soir-là, le laboratoire s'apprête à fermer quand le ton monte à l'accueil. Alain ne réagit pas. Il n'est pas encore en charge du dépôt des plaintes, se dit-il Pourtant aux cris succèdent des pleurs. Il sort alors de son bureau pour rejoindre l'accueil et y voit un visage familier.

« Mary, si ma mémoire est bonne... »

Mary ne le remet pas tout de suite. Tellement de visages, tellement de voix... Ses journées drainent tant de rencontres qu'elle les oublie dans l'heure.

« Nous nous sommes croisés au lancement jeudi dernier...

— Ah oui ! bien sûr ! ...Le labo...C'est vous...Faites quelque chose, vos secrétaires sont exécrables ! »

Il adresse un sourire à l'hôtesse cramoisie et Il prend Mary par le bras en lui proposant de voir ce qui l'amène dans ses bureaux à cette heure-là.

« Je ne sais pas ce qui se passe, lui dit-elle d'une voix plus assagie. Maman a fait des analyses poussées il y a 15 jours je crois, et le médecin ne veut pas me donner les résultats sans elle. Elle est en voyage et refuse de rentrer de suite. Bref, je suis tombée par hasard sur un bilan de santé pas très encourageant, en passant chez elle avant-hier pour arroser ses plantes... J'ai appelé son médecin qui a paru bien sombre et ne m'a rien dit. Mes propos sont incohérents, n'est-ce pas ? »

— Mary, je ne suis pas médecin. Je ne suis pas habilité à commenter les résultats d'examens. Je vais regarder son dossier et s'il me parait compliqué, j'appellerai un de mes laborantins pour qu'il m'en dise un peu plus. Ça vous va comme ça ? »

Mary s'est calmée. La voix d'Alain l'a apaisée et elle se sent en confiance avec cet homme charismatique et bien plus âgé qu'elle.

« Quel est le nom de votre mère :

— Laure Laugier…L.A.U

— G I E R » finit-il.

Laure Laugier. Comment oublier ce nom. Le sujet de préoccupation de sa femme et de ses amies depuis dix jours. « Mary est la fille de cette vieille enquiquineuse » se dit- il. « Drôle de coïncidence. » Et il plonge dans son dossier.

« Lina, je vais rentrer plus tôt. J'ai besoin de te parler. » Alain raccroche et s'affale sur son lourd fauteuil en cuir noir.

Lina s'étonne. C'est bien la première fois qu'un de ses maris, fiancés ou amants prend les devants face à une rupture imminente. Habituellement cette phrase est son préambule à elle pour démarrer la fin d'une histoire laborieuse, qui a pourtant si bien commencé.

Comment va-t-elle gérer cette situation nouvelle. Cette position de faiblesse ne lui convient pas du tout. Elle se sent tout à coup lasse avec l'envie soudaine de faire sa valise et fuir. Mais après tout, à elle d'en tirer avantage. Elle réclamera la maison de Miami qu'elle aime tant et puis une pension mensuelle conséquente. Pour le reste, elle retrouvera vite amour, gloire et beauté ! Elle n'a que quarante-trois ans et toute la vie devant elle.

Alain arrive. Se sert un verre de vin et en tend un second à Lina. Lina cherche à entamer la conversation dans un climat particulièrement dérangeant. Il la décourage d'un signe de tête.

Et alors il lui raconte. La rencontre à cette soirée avec Mary, puis Mary ce soir au laboratoire. Mary, la fille de Laure et les résultats de leur amie. Pas bons. Pas bons du tout. Il n'a pas eu le courage d'appeler un spécialiste, responsable de son département analyses sanguines, pour corroborer ce qu'il a lu. Il a dit à Mary que personne ne répond à cette heure tardive et qu'effectivement il semble y avoir un petit problème. Mais que cela ne signifie pas nécessairement que ce soit inquiétant, et que son médecin lui expliquera tout cela au retour de sa mère.

Il n'a pas su rassurer Mary, mais ne l'a pas alarmé pour autant.

« Et qu'as-tu découvert dans le bilan de Laure ?

— De mauvais résultats Lina, de mauvais résultats. »

Lina pense qu'il faut prévenir les proches. Pas Paul. Pas comme ça.

Après Paul sa plus proche famille, ce sont ses neveux. Alexandre et Sophie.

Alexandre a été informé des mauvais résultats médicaux de Laure cette après-midi. À qui peut-il en parler si ce n'est Patricia.

Patricia passe la semaine chez une amie à New York. Régulièrement la ville lui manque, et Miami l'étouffe. Alors, elle prend un billet et se fait une cure de pollution, de bitume, de bruits, d'embouteillages et de courses contre la montre. Et elle revit.

Après Paris elle a eu besoin de sa cure d'oxygène. À peine arrivée en Floride, elle a programmé dans la foulée son départ, vérifié que sa copine pouvait l'accueillir et est partie.

Patricia enfile son imperméable, car un fin crachin s'est abattu sur la City, et marche jusqu'à la quarante-deuxième... L'appartement d'Alexandre n'est qu'à quelques blocs et ça lui fait le plus grand bien de prendre l'air.

Alors elle raconte à Alexandre toute l'histoire de Laure depuis son début. Depuis la grande valise noire à gros nœuds roses. Et Alexandre l'écoute religieusement. Il n'a jamais cessé d'aimer cette grande rousse lunatique et pas facile à vivre. C'est comme ça. Il est de ces hommes qui n'aiment pas les choses simples. Et Patricia est une grande chose pas simple du tout.

Alexandre questionne encore Patricia sur Laure, cette tante sortie de nulle part. Et sur son père aussi. Que pensent les autres de Paul. Quelle perception ont-ils de lui ? Comment séduit-il tous ces étrangers ? Comment peut-il donner plus à l'inconnu de passage qu'au fruit de ses entrailles. Cette question l'a toujours rendu fou. Hier, comme aujourd'hui. Et il en crève.

Patricia sent cette souffrance chez Alexandre et cela la réconforte. Elle y décèle une fragilité nouvelle, inavouée jusqu'à présent. Peut-être que cette énergie sans cesse renouvelée de façade vient justement panser une blessure de l'enfance.

Elle en parlera au Docteur Benstein en rentrant.

Ils passent la soirée à parler. De Laure. De Paul. Des autres. Et d'eux.

Alexandre laisse finalement partir Patricia. Très tard dans la soirée où très tôt à l'aube d'un nouveau jour. « Ce n'est pas le soir » a-t-il estimé. Patricia rentre dans la nuit étoilée légère et marche dans les rues de New York seule au monde, même à quelques blocks de Times Square qui ne dort jamais. Elle a retrouvé son Alexandre des débuts. Ce prince charmant dont elle a été folle amoureuse et qui l'a hypnotisée des mois durant. Et pourtant, ce soir-là, elle se promet de ne pas replonger. Pour ne pas souffrir.

Sophie raccroche en silence et s'enferme dans sa chambre pour pleurer. Toute cette quête d'amour pour ça ! Ça n'a pas de sens. Ça ne tient pas la route. Le destin ne peut pas se permettre de jouer de tels tours.

Elle, qui s'est toujours tenue finalement loin de Paul, se retrouve coincée au milieu de l'histoire et de ce père lointain. Ce père devenu ce soir plus humain, plus accessible…Plus fragile aussi.

Et puis, à peine a-t-elle gagné une tante, qu'elle risque de la voir partir définitivement. Cette tante qu'elle a aimée dès la première minute.

Il faut en informer Paul. Pas elle. Pas Alexandre…Quelqu'un de neutre qui peut le mettre en face de la réalité sans larmoyer.

Le seul finalement capable de mener à bien cette tâche, c'est Fred. Après tout, ne s'est-il pas donné pour mission de rassembler Laure et son frère. Si bien sûr il se confirme qu'il est bien en chemin pour y réussir.

Claire lui en a vaguement parlé le premier soir. Depuis plus rien.

Elle cherche dans son téléphone le numéro de Claire et lui propose de la retrouver pour un café si elle est toujours sur Paris et disponible.

Ce qu'acquiesce Claire, ravie de reprendre contact avec la charmante Sophie.

Elles se retrouvent le lendemain chez Paul boulangerie, la floridienne ayant eu une soudaine envie de macarons au chocolat.

Alors Sophie fait le point sur les événements de la veille. L'appel de Patricia, la détresse, l'incompréhension et ce grand désarroi qui les a laissés tous sans voix.

« Tu me fais marcher Sophie.

— Ce n'est pas dans mes habitudes de jouer avec la maladie, Claire.

— Mais ce n'est pas possible…Et puis on ne sait rien finalement. Sais-tu, toi, de quoi elle souffre ? On ne peut pas tirer des conclusions aussi hâtives avec si peu d'éléments. »

Et si le mari de Lina s'était trompé de dossier et s'il avait regardé la mauvaise ligne sur la feuille de résultats... Après tout, il n'est pas médecin.

« Claire, il faut le dire à Paul !

— Et tu veux que, Moi, je le lui annonce ?

— Non. Pas toi. »

Claire a retourné dans sa tête la question pendant deux heures. Et franchement, seul Fred peut trouver le bon biais pour le lui annoncer. « Après tout, c'est son métier de jouer avec les mots et les émotions » pense-t-elle.

Fred n'est pas encore revenu et Claire récupère le double des clefs chez la concierge, comme elle en a pris l'habitude. Elle s'est bien ancrée dans ces petites habitudes avec Fred. Elle avance tout en douceur et ça lui plait bien. Leur petite routine, leurs nuits torrides, leurs longues discussions... Elle est bien avec ce type ni très jeune, ni très beau, ni très fortuné. Finalement, elle se verrait bien faire un petit bout de chemin avec Fred, même s'il est à mille lieues de l'homme qu'elle s'est imaginée conquérir un jour.

Fred remarque la lumière allumée dans le salon en arrivant en bas de l'immeuble et prend peur.

« Ça dure » pense-t-il. « Ça dure et c'est inquiétant. » Ce qui ravive la petite douleur de l'estomac dont il faudra bien finir par parler à son médecin rapidement. Il grimpe l'escalier péniblement pour rejoindre Claire.

Claire a mis la table, préparé un petit dîner léger, secondée en cuisine par Lou en direct de New York. Elle est très légèrement vêtue d'une petite robe de mousseline fleurie qui lui sied à merveille. Tout autre que Fred s'estimerait comblé. Mais Fred est Fred, ce vieux garçon hostile à l'amour qui dure, et à l'invasion de son intimité.

« Et en dessert, un petit fondant au chocolat ! » s'exclame Claire en amenant triomphalement le beau dessert bien présenté, orné d'une bougie.

— Ce n'est pas mon anniversaire !

— Non... C'est le mien !

— Et tu ne m'as rien dit ?

— Pour ne pas te l'imposer mon chéri et pour que tu en profites pleinement autant que moi.

— Enfile une veste, je t'emmène fêter ça. »

Serrée très fort contre lui sur la moto qui quitte le dix-septième arrondissement, Claire savoure chaque seconde de sa vie. Et Fred a été sincère, quand il lui a proposé le grand jeu...Car il sait qu'elle va adorer cette petite sortie nocturne. Traversée de la Seine et arrêt au pied du pont des amours.

« Le pont des amours ? Un bien joli nom …C'est quoi ce pont des amours ?

— Tu vas voir… »

Ils s'arrêtent au milieu du pont illuminé. Et la Seine danse dans la pénombre reflétant les mille lumières de la ville. Et il fait si bon. Une légère brise renvoie les murmures de la ville.

« Tu vois tous ces petits cadenas ? Ce sont les alliances de milliers de couples à travers le monde.

— C'est magnifique. Ça me bouleverse.

— C'est juste un message universel magnifique Claire. Et je veux que pour ton anniversaire tu partages avec tous ces amants cette magie de l'amour, ce que le monde a de plus merveilleux dans un univers de violence et de guerre. Ce pont, c'est la preuve que l'humain ne nait pas nécessairement mauvais, qu'il y a de l'espoir et que, chaque seconde, un couple promet de s'aimer par-dessus tout. »

Claire reste silencieuse quelques minutes qui paraissent une éternité, submergée par l'émotion. Par toutes ces histoires d'amour qui se sont symboliquement scellées un soir face à la Seine…et pour la vie.

Rien n'existe plus alors. Ni le passé, ni les peines de cœur, ni sa vision défaitiste de l'amour… À cet instant, elle est frappée d'un bonheur sans retenue. Et elle s'y réfugie sans bruit. Et Fred ne l'interrompt à aucun moment.

Ils sont là, tous les deux, debout face à l'horizon et ne cessent de contempler le monde…

Et Claire n'a toujours pas parlé de Laure à Fred. Il le faut pourtant. Elle s'y est engagée cet après-midi. Mais elle vit son petit rêve à elle ce soir et ne compte absolument pas briser la magie de ces instants si rares.

Ils marchent encore longtemps dans ce quartier de Saint-Germain si romanesque. Chaque pierre a assisté à tellement de scènes mémorables, se dit Claire… Et combien de passions sont nées sous les porches de ces bâtiments classés.

Une fois rentrés, la nuit se poursuit sous les mêmes bons auspices que ce début de soirée. Et Claire s'abstient de tenir ses engagements.

Pas ce soir.

Demain matin.

De son bureau bruyant qui domine Manhattan, Mary appelle sa mère. C'est suffisamment rare pour que Laure s'en inquiète.

D'un ton joyeux, elle prend des nouvelles de la vieille femme et s'enquiert de savoir quand elle a prévu de rentrer à la maison.

« J'ai encore deux ou trois affaires à régler ma chérie. Je vais finir par croire que je te manque.

— Bien sûr que tu me manques ! Même si ma vie ressemble à un grand champ de bataille, tu sais l'importance que tu y as.

— Je sais ma chérie. Je te taquine. Tout va bien ?

— Oui tout va bien. Je voulais prendre de tes nouvelles. Comment te sens-tu ? ...

— J'ai hâte de rentrer ma chérie ... Bientôt. »

Mary a appelé le médecin traitant de Laure cette semaine et a convenu qu'ils prendront rendez-vous tous les trois dès que Mary obtiendra la date de retour de Laure. « Je me rendrai disponible » a-t-il promis.

Depuis son retour du laboratoire, Mary a si peu dormi. Elle n'a pas rappelé Alain. Elle n'a pas besoin de l'analyse hypothétique d'un parfait inconnu.

Elle dort peu et redouble d'énergie la journée pour ne surtout pas commencer à penser. Elle en fait trop. Elle le sait. Tant que son corps résiste...

Lou est rentrée en se jurant d'aborder le problème Bethsabée avec sérénité. Elle n'a ni la patience, ni l'envie de gérer un drame dans sa propre famille.

De son côté Bethsabée l'attend de pied ferme.

« Bonjour ma chérie. Je sais que tu as envie de discuter de ton avenir. Je te propose de venir te chercher au lycée demain, et de t'emmener déjeuner. Nous aurons tout loisir de voir ça ensemble calmement.

— D'accord Maman, mais c'est tout vu de mon côté.

— Demain la discussion Bethsabée s'il te plait. Viens plutôt me raconter ta semaine puisque tu n'as pas daigné venir m'accueillir à l'aéroport. »

Bethsabée comme Lou savent parfaitement que la discussion du lendemain sera un jeu d'échec où chacune s'apprête à placer son pion gagnant. Seul Rob souffle. Il passe le relais et ça lui convient parfaitement.

Entre Alain et Lina, le retour à la normale n'a duré qu'un temps. Alain n'a pas spécialement envie de rentrer le soir quand elle est sur New York et Lina non plus. Pendant qu'Alain dine avec ses clients, Lina organise des soirées filles qui s'éternisent.

Chacun y trouve son compte.

Mais depuis son retour de Paris, Lina tente de mettre à plat les cartes de sa vie. En envoyant à ses parents une petite carte pour célébrer leur quarante-cinquième anniversaire de mariage, elle réalise qu'elle est passée à côté de l'essentiel et des valeurs familiales. Qu'elle a pris le contre-exemple de ce qu'elle a tant admiré – enfant - chez ses parents. Peut-être n'est-il pas trop tard…

Fred n'a rien de spécial à faire aujourd'hui. Il flâne au lit pendant que Claire remonte de la boulangerie la plus proche, avec des croissants bien chauds. Le café embaume le petit appartement et la journée commence bien.

C'est autour de la petite table de bois en pin, que Claire entreprend enfin de parler de Laure.

« Fred, ta mission a changé.

— Comment ça ma mission a changé.

— Laure est malade. Il faut l'annoncer à Paul. Ses enfants ont pensé que cela serait plus aisé si cela venait d'un étranger à la famille. En toute honnêteté, je ne sais pas ce que tu vas raconter mais il faut le faire vite. »

Alors Claire tente de donner plus de détails et lui rapporte ce qu'elle a compris de cette terrible vérité. Fred se tait.

« Je vais me débrouiller. Je vais me débrouiller… »

Fred et Paul ont rendez-vous à la Closerie des Lilas. Fred a prétexté de bons retours après l'envoi des premières lettres qu'il a adressé à certaines personnalités très en vue.

Pourtant, une fois tous deux attablés, Fred n'a pas le cœur à s'engager dans un nouveau mensonge.

« Je ne suis pas qui vous pensez Paul. Aujourd'hui, je suis venu vous parler de choses graves. Je suis comédien. Et je me suis retrouvé il y a quelques jours dans une chambre avec votre sœur Laure…

— Encore Laure ! » Interrompt Paul avec colère.

— Laissez-moi continuer Paul, je serai bref.

— Mais personne ne peut et ne veut comprendre ce que je ressens. Personne ne respecte mes choix et mes silences !

— Paul… Quelques petites minutes de votre temps et j'en aurai fini. »

Paul se tait. Sa mâchoire trahit sa colère et son impatience.

« Laure a été hospitalisée pour un petit malaise et moi aussi. Je suis tombé sous le charme de cette dame exceptionnelle. J'ai assisté aux conversations qu'elle a eues avec ses jeunes amies et je lui ai proposé de l'aider, en devenant votre ami, Paul. À ce moment-là je dois bien avouer que j'ai eu l'impression d'avoir parlé bien trop vite et de m'être engagé dans une histoire qui n'allait pas être simple… Devant l'enthousiasme général, j'ai pensé que je trouverais bien la solution adéquate au moment voulu.

Je n'ai pas imaginé que le sort me viendrait en aide, en écrivant la suite du scénario… Et franchement, j'aurais préféré y passer des nuits entières que d'accepter cette ironie du sort. »

Paul a relevé la tête, et son visage s'est détendu. Il attend visiblement la suite de ce monologue. Curieux. Et inquiet.

« Laure est très malade. Elle ne le sait pas. Par un concours de circonstances, comme la vie sait si bien nous en réserver, nous savons depuis hier que ses jours sont comptés.

Paul, je ne suis pas vous, et je ne me permettrais pas de vous donner quelque conseil que ce soit … Mais j'ai perdu mon frère il y a cinq ans. On s'est perdus de vue pour une bêtise quelques années auparavant, un désaccord sur la maison de Papa. On s'est traité de tous les noms d'oiseaux et il est mort sans moi, un vingt-cinq septembre. Et depuis, chaque jour, je me ronge de l'intérieur. Alors Paul, réfléchissez… Mais vite ! »

Claire et Fred s'impatientent. Ils attendent Sophie depuis presque une demi-heure et dans le contexte de cette journée si particulière, les minutes s'étendent à l'infini.

Celle-ci arrive, comme un tourbillon de fraicheur dans sa jolie robe classique couleur crème.

Fred lui raconte sa conversation avec Paul et Sophie l'interrompt brutalement en prenant ses mains dans les siennes.

« Fred, je suis tellement désolée pour ton frère, tellement désolée... Je n'ai pas imaginé une seule seconde...

— Moi non plus » répond-il.

« Comment ça toi non plus ?

— Je suis fils unique... Il faut bien de temps en temps arranger la réalité pour arriver à ses fins. »

Sophie applaudit ce trait de génie, et Fred a l'impression d'être tout à coup le plus grand acteur au monde.

Paul bien sûr a été très affecté, et a promis de trouver la force d'aller vers Laure. Le problème de taille, c'est que Laure ne se sait pas malade. Il va falloir à Paul un courage terrible pour revoir sa sœur, pour peut-être la dernière fois, en lui promettant qu'ils vont de nouveau être réunis pour la vie.

Paul appellera Laure. Directement. Mais il faut la prévenir. Que le choc n'accélère pas sa fin tragique.

« Mais c'est une excellente nouvelle ! » se met à hurler Claire devant une salle stupéfaite. « Garçon ! Apportez-nous une bonne bouteille de Veuve Clicquot et trois flûtes bien propres. » Et se retournant vers ses deux complices : « je déteste les traces de doigts sur les verres… Et cela empêche les bulles de s'épanouir correctement !

Je vais appeler les autres. Il est normal de prévenir tout le monde » conclut Claire avant d'embrasser fort Sophie, et lui dire de conduire prudemment après sa coupe de champagne.

Assise en tailleur sur le lit de Fred, Claire appelle d'abord Géraldine qui se fend d'un « génial » tonitruant. « On organisera un grand repas avec les parisiennes dans quelques jours ! » s'enchante-t-elle.

Puis Claire appelle Lou à New York.
« Je ne te dérange pas ?
— Non, attends dix secondes please… Voilà, je termine une phrase et suis à toi.
— Ne me dis pas que tu écris ?
— Si !
— Et bien, je vais te donner de la matière supplémentaire ! »
Lou est si heureuse de cette nouvelle, qu'elle aurait voulu prendre le premier avion pour Paris.

Lina est sur répondeur. Tant pis. Elle lui laisse un message, frustrée de rater sa réaction à l'autre bout du monde. Puis Lina rappelle.
Lina est dans le métro.

« Quel métro ? tu n'es pas à Miami ?

— Non. Je suis à New York et en chemin pour l'appartement de Lou… Elle organise un petit dîner ce soir et ça me changera les idées.

— Tu ne sais pas à quel point ! Tu vas avoir un sujet de conversation passionnant. »

Et elle raconte – pour la énième fois – le récit de cette journée éprouvante.

Tout en bas de la liste, il reste à prévenir Nicole… Mais faut-il prévenir Nicole ?

Après quelques échanges d'emails et une bonne heure de palabres, à l'unanimité on vote contre.

Nicole est devenue l'ombre de Laure. Il faut en tenir compte.

C'est Fred qui appelle Laure. Il a demandé qu'on lui laisse le privilège de s'en charger. Après tout, cette petite dame est devenue comme une mère d'adoption pour lui. Il a fait l'idiot pour lui être agréable des jours durant, et n'a pas dormi les nuits suivantes.

Alors il compose son numéro et entame la conversation comme toujours en la faisant rire. « Qu'est-ce qu'il est drôle » se dit Laure … « Ah s'il avait vingt ans de plus, elle l'aurait emmené dans ses bagages. »

Et Fred enchaine – l'air de rien - sur sa discussion avec Paul. Il ne lui raconte pas l'intégralité de cette rencontre. Il s'amuse à mettre l'accent sur l'épisode de ce frère inventé de toutes pièces et comment ce mensonge a déclenché chez Paul sa décision. Laure le félicite et lui envoie des dizaines de baisers à travers le combiné.

Je vais attendre son appel mon petit Fred, lui dit-elle le cœur débordant de bonheur. Merci. Merci pour tout et du fond de mon petit cœur.

Patricia profite pleinement de sa semaine à New York.

Elle déjeune dans ses restaurants favoris, elle déambule longuement dans ses musées préférés et arpente Central Park de long en large, plusieurs heures, chaque jour, profitant d'un solo de saxo ou d'un cours de tai chi sur les bords du lac. Tout est spectacle. Tout est bonheur.

Elle en profite pour faire quelques achats, emplit sa valise de quelques produits introuvables à Miami et fait le tour des copines. Et pense à Alexandre. Pense beaucoup à Alexandre.

Alors quelques jours après s'être retrouvés, elle décide de l'appeler.

Il est ravi, mais pas entreprenant. Laisser Patricia revenir vers lui.

Il lui propose de prendre sa matinée le lendemain, et de visiter ensemble la nouvelle exposition phare du Metropolitan Museum.

Elle accepte. Bien sûr.

Ils commentent les œuvres, apprécient le travail des artistes et refont le monde devant un capuccino sous la verrière gorgée de soleil.

« Quand repars-tu ?

— Après demain... Mais tu sais, New York me manque terriblement.

— Tu penses revenir ?

— J'y pense... »

Alexandre a une envie folle de lui demander s'il est l'une des raisons de ce retour envisagé, mais bien sûr il n'en fait rien. Un mot de travers et la grande rousse est capable de retraverser le hall pour attraper un taxi aussi vite qu'elle est venue le rejoindre sur les marches du « Met ». Il la connait trop bien Patricia. Il en connait toutes les failles. Et il doit s'adapter. Ou pas.

Alexandre propose à Patricia de la revoir avant son départ. Il lui laisse le choix du prochain rendez-vous selon son agenda et il s'adaptera. Il lui ment en lui disant qu'il n'est pas vraiment débordé cette semaine. Lui avouer qu'il prendra le temps qu'il faut pour partager encore quelques heures avec elle, est bien trop risqué.

Elle hasarde alors de le retrouver pour voir un film en fin de journée. Et ils programment de se retrouver chez M&M's, Patricia ayant promis de ramener quelques souvenirs aux enfants de Lina.

Une fois rentrée. Patricia est prise de bouffées d'angoisse. Elle prend peur… « Et si je craque » se dit-elle. « Suis-je capable de reprendre cette histoire-là où elle s'est arrêtée ? »

Elle s'achète un paquet de truffes au champagne à la Maison du Chocolat et remonte à pied. Pourquoi a-t-elle vraiment quitté cette ville qu'elle aime tant…Alexandre ne doit finalement pas y être étranger.

Mary compose le numéro de Montrouge.

« Bonjour Nicole, Maman est chez vous ?

— Ne quittez pas Mary, elle prépare un thé dans la cuisine.

— Bonjour ma chérie.

— Maman, quand rentres-tu ?

— Encore cette question Mary ? Mais à part toi, je ne manque pas à grand monde à New York. Je serai là dans une dizaine de jours.

— C'est long maman… »

C'est long de vivre avec l'angoisse et l'incertitude. Et puis, il faut que Laure se soigne ! Je ne comprends pas qu'aucun traitement ne soit en cours, se dit Mary, furieuse de voir la situation lui échapper totalement.

Elle rappellera Laure dans deux ou trois jours pour être sûre qu'elle programme bien son retour. Mary rentre en réunion. On prépare la saison des défilés et de nombreuses marques de prêt-à-porter ont fait appel à l'agence pour les mettre en avant à cette occasion. Les deux prochaines semaines seront cauchemardesques. Mais Mary adore cette adrénaline …

Au royaume des malades

Fred n'est pas dans son assiette depuis ce matin. Impossible de décrire cette sensation de malaise. « Peut-être du stress » tente-t-il de se rassurer.

Claire poste quelques photos de son voyage à Paris sur Facebook et discute avec Lou sur la messagerie instantanée.

De l'autre côté de l'appartement Fred n'est pas bien du tout.

Et de moins en moins bien.

« Claire, je ne suis pas bien » gémit fortement Fred

Claire lâche son clavier et se précipite dans la chambre.

« Fred ! Fred, que se passe-t- il ?

— J'ai mal, très mal » râle-t-il avant de s'affaisser. « Appelle SOS-Médecins ! »

Claire compose le numéro à toute vitesse, fébrile.

La standardiste reconnait immédiatement les chiffres de l'appel qui s'affiche.

« Bonjour monsieur Varrault… Alors aujourd'hui c'est quoi ? La tête ? L'estomac ou le cœur ?

— Je suis sa fiancée, il ne peut pas parler, il est très mal … Il faut envoyer un médecin immédiatement.

— Je n'ai pas de médecin avant deux heures dans votre secteur mais ne vous inquiétez pas, d'ici là il ira bien mieux. Rappelez-moi si ça ne s'arrange pas.

— Mais vous ne comprenez pas…Il va très mal ! »

Claire raccroche, furieuse, et appelle le samu dans la foulée.

La réceptionniste pose quelques questions. Claire se tourne vers Fred pour constater son état et tente d'y répondre comme elle le peut. Après quelques minutes, le samu déclare qu'aucune équipe n'est actuellement disponible, mais que ça ressemble fort à une grosse grippe intestinale. « Rappelez-nous si ça s'aggrave » conclut la standardiste.

Fred est livide, à peine conscient…Claire décide d'appeler un taxi, et le traîne jusqu'en bas, sur ses frêles épaules.

« Les urgences les plus proches. Vite ! mon ami est très mal. »

Le chauffeur tente de protester, arguant qu'il n'est pas une ambulance, qu'il ne prend pas les drogués dans sa voiture, et qu'il n'ira pas plus vite que la limitation de vitesse en ville le lui permet… Mais cette fille a l'air franchement inquiète et il fait finalement au mieux pour arriver vite à destination.

Urgences. Prise en charge. Identification du malade. Et salle d'attente.

Claire est pétrifiée. Et en même temps fière d'avoir géré seule cette situation de crise. Elle a été capable de prendre les bonnes décisions au bon moment. Elle ne se rappelle plus de la dernière fois où cela lui est arrivé…

Elle s'éloigne pour appeler …

« Papa ? C'est Claire. Je suis à Paris. »

Après avoir été éjecté de sa vie par Claudia, son père resta présent …de loin.

Bohème et grand spectateur du monde, il travaille quelques mois pour gagner de quoi s'évader quelques semaines. Parfois, il combine les deux en partant dans le bordelais travailler dans les vignes ou rejoindre une association humanitaire à l'autre bout de la planète.

Claire l'aime bien. Ils ne se voient pas énormément mais elle a beaucoup de tendresse pour ce gentil papa rêveur.

Depuis qu'elle est rentrée de Deauville, elle s'est promis de l'appeler et de tenter de descendre à Aix-en-Provence où il vit depuis quelques temps. Et puis cette histoire d'amour avec Fred lui est tombée dessus. Et puis les jours sont passés à une vitesse folle.
Alors elle lui raconte.

Elle lui raconte le voyage magique initial, la valise à nœuds roses, Laure, Paul, Deauville et Fred. Plus elle raconte, et plus elle se dit qu'en si peu de temps, elle a vécu quelques années d'une vie.
Et elle pleure. Beaucoup. Et Charles, ce papa qui lui a vraiment toujours manquée au quotidien, la réconforte.

« Quand ça ira mieux, venez me voir tous les deux. En ce moment, je gère un élevage de chevaux en l'absence des propriétaires. C'est magnifique et je suis encore là pour quelques mois. »

Plusieurs fois, adolescente, elle a eu envie de faire sa valise pour aller vivre avec Charles. Mais Charles n'a jamais habité au même endroit, et jamais très longtemps. « Ce n'est pas raisonnable » a-t-elle conclu à chaque crise. Et sa mère le lui aurait interdit de toute façon. « Pour que ce raté te donne le goût du néant ? Non merci ! » a-t-elle imaginé pour toute réponse de sa génitrice !

Quelques minutes plus tard, un médecin avance vers elle et lui demande si elle fait partie de la famille. Et elle dit oui.

« Il peut vous remercier ! Vous l'avez sauvé ! La situation est stabilisée et ça va aller... Mais il revient de loin. Dix minutes de plus, et il y passait.

— Je peux le voir ?

— Il sort de la salle d'opération. Il va dormir encore de longues heures... Allez-vous reposer, revenez en fin de journée mais ne le fatiguez pas. »

Une fois dehors, la lumière crue de l'après-midi ensoleillé aveugle Claire, qui vient de passer plusieurs heures dans cette salle d'attente lugubre et sans fenêtre.

Traversée par un sentiment étrange et ambivalent - la peur de voir Fred mourir - et la fierté de lui avoir sauvé la vie. La peur et la joie. La crainte et un sentiment de victoire sur elle-même ... « C'est un signe » se dit- elle, « c'est un signe... »

Paul a longuement réfléchi à la situation à laquelle il fait face depuis plusieurs jours. Seul. Il doit affronter Laure et il se sent complètement désarmé. Il se dit qu'il parlera à Nicole d'abord. Qu'il ira par étapes, avant de franchir la porte de Laure. Il manque tellement de courage tout à coup. Toutes ces années, protégé par sa carapace…Combien de secondes suffiraient à Laure pour la faire craqueler de partout.

Quand Nicole entend sa voix à l'autre bout de la ligne, elle s'apprête à lui passer Laure.

« Nicole, dites à Laure que je serai chez vous à Montrouge à trois heures. »

« C'est plus facile comme ça » se dit-il. « Que lui dire au téléphone après tant d'années et comme entrée en matière ! C'est ridicule… »

Paul change de chemise trois fois, puis se dit que c'est décidemment trop emprunté et met un polo. Un noir ? Trop deuil. Un jaune ? Trop criard. Il opte pour un joli bleu.

Oublier que Laure est malade. Oublier que les retrouvailles risquent d'être si courtes… Il se refuse à y penser et à valider cette option. Tant que rien n'est sûr, il faut rester positif.

Il va revoir Laure soixante-dix ans après leur séparation, et c'est la seule chose qui importe finalement !

Laure choisit de porter sa robe mauve puis se rappelle que c'est une couleur que Paul n'a jamais aimé. Elle choisit un chemisier fleuri et une jupe unie assortie. Voilà, c'est frais. Parfait.

Elle se parfume, remet son rouge à lèvres et ajuste ses cheveux blancs.

« Je vais aller me promener, Laure » annonce Nicole dans l'entrebâillement de la porte. « Ces retrouvailles n'appartiennent qu'à vous deux. Tu me présenteras Paul plus tard. »

Laure répond d'un sourire complice et s'approche de sa sœur pour l'embrasser.

Nicole referme la porte doucement sur elle, et Laure s'assoit sur le sofa près de la fenêtre sur rue. Les grands arbres frémissent sous les effets de la belle brise de l'après-midi, et un joli rayon de soleil envahit le salon.

Puis la sonnette.
Puis Paul.
Puis deux êtres qui s'étreignent à se couper le souffle, sur le pas d'une porte.
Sans un mot.
À Montrouge.

Et soixante-dix ans de pleurs refoulés. Sans bruits. Juste les larmes qui viennent mouiller la joue de l'autre. Juste cet échange de pleurs silencieux qui noient tant d'années de souffrance, en quelques minutes.
Laure et Paul.
Et rien ne sera plus comme avant.

Doucement, comme si l'éternité leur appartenait, ils commencent par parler d'eux et de ce qu'ils sont devenus. Ils ne parlent pas du passé. Ni de ce qui fâche. Ni de ceux qui les ont trahis. Ils parlent de leurs vies et se racontent leurs petites misères, les belles rencontres, leurs passions. Comme un frère et une sœur. Avec cette légèreté des secrets partagés. Avec cette profondeur des âmes liées à une histoire commune.

Les soixante-dix années d'absence ont été effacées d'un trait. Ont-elles même existé ? Laure regrette de n'être plus en âge de se mettre sur les genoux de Paul comme par le passé, et Paul aurait voulu tirer sur les nattes de Laure comme il l'a fait si souvent par surprise pour la faire rire.
Paul et Laure. Laure et Paul. Seuls au monde.

Lou récupère Bethsabée à la sortie du lycée -comme promis- et elles s'attablent à leur restaurant italien préféré.
Elles évoquent leurs matinées respectives, et très vite enchainent sur le sujet du moment qui fâche.

« Bethsabée, sais-tu ce que coûtent des études et une vie à l'autre bout des États-Unis ?

— Oui ! Près de six mille dollars par mois.

— Et tu comptes payer ça comment ?

— Je vais travailler, faire un prêt comme des millions d'étudiants américains avant moi… Et Grandma va m'aider.

— Il n'est pas question que Grandma t'aide !

— Et pourquoi s'il te plait ? »

Que lui dire ? Qu'elle ne laissera pas sa belle-mère gagner cette victoire sur elle et Rob. Elle aurait tellement aimé le lui dire à cette femme méprisante, qu'il est hors de question qu'elle paie parce qu'elle estime que son fils est incapable d'assumer les rêves de sa fille. Mais elle se contente d'une réponse vague pour éviter les drames.

« Parce que nous allons discuter avec ton père de tout cela, et prendre des décisions. »

Plus que la colère, plus que le mépris, c'est la tristesse qui accable Lou entre la pêche Melba et le café.

« Bethsabée, pourquoi pars-tu ? J'ai toujours eu l'impression de t'offrir un confort et une liberté que peu d'adolescents ont.

— Ce n'est pas toi Maman. Ce n'est pas Papa. Je n'ai rien à vous reprocher. J'étouffe à New York. J'ai envie de retrouver une ambiance plus ensoleillée, plus légère, et moins survoltée. Et j'ai aussi peut-être besoin de faire ma propre expérience de la vie, de ses réalités… Mais je vous aime Maman ! »

Lou se cache derrière ses lunettes pour que Bethsabée n'aperçoive pas quelques larmes incontrôlables. Son bébé veut partir. Elle doit trouver une solution.

Fred ouvre difficilement les yeux et ne comprend pas tout de suite où il est. Il n'arrive pas à se souvenir de ce qui s'est passé. Mais Claire est là, sur la chauffeuse, à ses côtés. Sa tête repose sur l'accoudoir et elle dort paisiblement. Sa main est restée sur celle de Fred.

Elle a dû sentir que Fred s'est réveillé, car elle sursaute et en découvrant qu'il la regarde, lui fait son plus beau sourire.

« Ça va aller mon amour…Tu as eu un accident très grave, mais tu es sorti d'affaire, m'a assuré le médecin.

— Tu m'as sauvé ma petite sauterelle » murmure–t-il.

Et pour la première fois de sa vie, il pense qu'il devrait mettre un terme à cette fuite constante. Et pour la première fois de sa vie, il pense que cette petite sauterelle serait capable de briser tous ses préjugés et donner un sens nouveau à sa vie.

Et tout à coup, il réalise, que seul dans son appartement, il serait mort. Il ne peut plus continuer à se mettre ainsi en danger.

Fred est sous oxygène, avec une multitude de cathéters dans les veines. Le médecin a été clair. Il doit rester hospitalisé au moins deux semaines avant la mise en place d'un suivi médical de plusieurs mois. Mais il est sauvé. Il doit revoir sa façon de vivre, mais avec de bonnes habitudes et des doses de pilules à vie, il peut envisager de vivre presque normalement sous quelques petits mois.

« Vous êtes marié cher ami ? » lui demande le médecin en jetant un œil furtif en direction de Claire.

« Bientôt Docteur…Bientôt… »

Claire a demandé qu'on lui installe un lit d'appoint pour vivre aux côtés de Fred, durant ces deux semaines. Elle prend l'air quelques heures par jour, quand il est assoupi, et file prendre une douche et se changer. Elle achète des petits plats sains et équilibrés qu'il affectionne et les lui apporte avec un bonheur non dissimulé. Elle est sa princesse. Il est son crapaud d'amour. Finalement les contes de fées existent peut-être, se rassure-t-elle. Et elle pense à Lina. À celle qu'elle a tellement admirée. Lina, la vedette de toutes les soirées, l'invitée de toutes les sorties, la préférée de tous les hommes. Elle a tellement rêvé d'être Lina, cette femme belle et imposante, déterminée et volontaire et qui obtient tout ce qu'elle désire...

Aujourd'hui elle ne l'envie pas. Ni sa frivolité, ni les faux semblants qui sont l'essence même de son quotidien. Aujourd'hui, elle, elle a gagné l'amour. Le vrai, tout simple, qui lui va comme un gant.

Quand va-t-elle se décider à tout avouer à ses amies...

Elle craint leur réaction, leur jugement sur un homme plus vieux et dans une situation professionnelle précaire. Elle a gravi beaucoup de paliers en quelques jours... Mais certains lui semblent encore inaccessibles.

Pourtant à chaque échange, les copines vont à la pêche aux nouvelles. Va-t-elle rester encore longtemps en France ? Elles cherchent à comprendre qui est cet homme qui a fait chavirer le cœur de Claire, qui semble être son meilleur atout pour demain... Claire se fait discrète. La peur de tout perdre à en dire trop. Ne pas donner au destin de bonnes raisons de faire fuir son bonheur tout neuf.

Patricia a été ravie d'apprendre que Paul et Laure se sont enfin retrouvés, mais cela a provoqué chez elle toute une série d'interrogations sur le sens de la vie. Ces deux êtres séparés par les désirs des autres, pendant de si longues années. Deux vies brisées, qui ont cherché à se reconstruire seules. L'un ayant finalement mieux réussi que l'autre. Et pas celui auquel on aurait pu penser au début du drame.

Et elle ? Du haut de ses quarante-trois ans et demi, et de son célibat qui n'en finit pas ? Et si, elle aussi, passe à côté de l'essentiel… Et si finalement, Alexandre a eu un coup de folie un soir, à l'autre bout du monde, parce qu'elle n'a pas réussi à combler ses désirs d'enraciner leur relation pour de bon. Ses défauts, elle en a conscience, comme elle est convaincue que cet homme est son kit de survie dans une vie prête à se faner si facilement. Elle le voit bien. Depuis des mois, son quotidien ressemble à celui de sa mère. Établi. Terne. Sans surprises. Calé sur ses horaires de sommeil, à partir desquels s'organise un emploi du temps routinier. Vivre pour dormir, quelle terrible fuite vers le néant.

La folie d'Alexandre, ses excentricités, sa fantaisie et sa soif de vie l'ont réveillée de nouveau. Affronter la vie c'est franchir le seuil de l'inconnu. Oublier la lassitude de ses journées pourtant si protectrices. Briser le cercle vicieux de l'ennui… Mais pour aller vers quoi ?

« Jusqu'à quand t'imposeras-tu des freins au bonheur ? À quel âge vas-tu te décider à vivre pleinement ce qui t'est offert ? Le bonheur est tellement terrifiant. Bonheur. » Un mot qu'on n'a jamais évoqué chez ses parents, dans cette vie normale faite de jours classiques qui filent silencieusement vers demain. Vers la mort. Le bonheur est finalement une utopie inventée pour ne pas accéder à la normalité, lui a souvent répété sa mère. « La vie, c'est quatre-vingt-dix pour cent d'ennuis, et dix pour cent de sérénité, alors cesse de penser que l'humain est fait pour accéder à un hypothétique bonheur. L'homme vit et meurt. C'est aussi basique que cela. »

Comment peut-elle forcer tant de barrages quand ils ont été érigés de la sorte durant toute sa jeunesse.

Pourtant elle a droit elle aussi au bonheur.

Et maintenant !

Elle ne sera pas une Laure dans l'attente d'un Paul disparu.

Son bonheur est à portée de bras, quelques rues plus loin.

Elle se fait désirable comme jamais. Magnifie sa chevelure bouclée rousse en la mariant à un élégant pull noir. Elle le ceinture d'orange et chausse ses ballerines tangerine. Elle rectifie son maquillage, se parfume longuement et se tient enfin prête à prendre sa vie en main.

Laure et Paul se voient chaque jour.

Paul arrive en fin de matinée à Montrouge. Il y prend le thé avec les deux sœurs, puis part avec Laure à l'assaut de Paris.

Ils sont retournés chez eux, dans le vingtième arrondissement, avec une émotion palpable.

Ils sont restés ce jour-là sur le trottoir, sans un mot, les yeux levés vers l'appartement de leur jeunesse, leur dernier domicile commun.

Ils ont marché en silence, pendant un long moment, pour trouver la force de sortir de ce mutisme.

Ils déjeunent chaque jour dans des lieux chargés d'histoire. Ceux que Paul affectionne depuis toujours, ceux qui rappellent à Laure de bons souvenirs de ses escapades parisiennes passées. Et de jolies promenades bordées d'arbres ou en bord de Seine. Chaque déjeuner est un hymne au bonheur retrouvé.

Paul parle longuement de ses échecs familiaux. Des femmes qu'il n'a pas su garder et des enfants qu'il n'a pas su élever.
Laure parle de sa fille unique, Mary, et de son mari trop tôt disparu.

Certains jours, ils évoquent du bout des lèvres les lettres, le passé, l'absence… Mais détournent très vite la conversation sur le quotidien de ces soixante-dix années passées.

Paul raconte Stella et Max. Laure évoque Hélène et René.
Ainsi passent les journées. Délicieuses.
Et chaque soir, Laure pense aux retrouvailles du lendemain.
Et chaque soir, Paul se demande combien de temps il va vivre encore ces instants de délice.

Ce soir, il règne une atmosphère joyeuse au Bistrot d'à côté. Laure et Paul ont réservé une longue table et y attendent tous les acteurs parisiens de leur histoire.

Sophie est venue avec Gilles, Géraldine avec Éric, Claire seule, en ayant pris soin de vérifier que Fred s'est endormi, et qu'il va bien. Les amis, ainsi réunis, ont appelé dans l'après-midi Lou, Patricia Lina et Alexandre pour qu'ils soient un peu de la fête... Et chacun a enregistré un petit message à destination de Paul Bloch et Laure Laugier.

Laure a également appelé Mary dans l'après-midi. Sa fille était en plein défilé et a promis de la rappeler dès qu'elle le pourrait, en ayant pris soin quand même, de s'informer sur une éventuelle date de retour de sa mère.

Mary a rappelé un peu plus tard et Laure lui a parlé un peu de Paul, un peu de leurs retrouvailles et lui a expliqué pourquoi son retour prend un peu de temps et est finalement un peu compliqué. Elle l'aime.

« Mary, j'ai retrouvé Paul ! C'est formidable, non ?

— Maman, j'ai trouvé tes résultats d'examen chez toi, en allant arroser tes plantes. Et ça ce n'est pas génial du tout ! Il faut que tu sois suivie...

— Je sais le mal qui me ronge chérie. Pourquoi crois-tu que je vis pleinement ces retrouvailles. Le ciel m'a permis de vivre assez longtemps pour retrouver mon frère perdu. Je vais rentrer, mais laisses-moi du temps... J'en ai tellement manqué ! »

Alors Laure sait. Laure sait et n'a rien dit. Mary comprend alors le silence complice de son médecin.

Elle respire longuement et profondément. Elle est dévastée. Elle se fissure de partout.

Elle s'enferme alors dans son bureau, à l'écart de tous, et appelle le médecin de Laure.

« Je ne pouvais rien vous dire Mary, vous comprenez ? D'abord parce que ce n'est pas à moi de le faire, ensuite parce que je l'ai promis à votre maman.

— C'est quoi docteur ?

— Pour simplifier, on va dire que c'est une sorte de leucémie.

— Et vous ne tentez pas une chimiothérapie ?

— Mary, votre maman a plus de soixante-quinze ans. Nous avons fait ensemble un bilan de son état, des effets, des risques et des chances de réussite. Elle a promis d'y réfléchir de nouveau à Paris.

— Et sinon ? Combien de temps ?

— Personne ne sait vraiment Mary. Quelques mois. Plus. Moins… »

En rentrant ce soir-là, elle fait un détour par le laboratoire d'Alain. Aimantée par le sentiment que si tout a commencé ici, il y a peut-être une raison d'y retourner ce soir.

« C'est idiot » pense-t-elle. « Il est tard et Alain a dû rentrer depuis longtemps. »

Il y a de la lumière dans le bâtiment, mais les portes d'entrée sont fermées. Mary sonne sur le bouton marqué « en cas d'urgence » … C'est une urgence ! Une vraie.

« Je vous dérange ? C'est Mary… Vous savez…

— Oui je sais Mary, montez, je suis à mon bureau. »

Mary parle beaucoup. De sa mère, de sa détresse et du temps qu'elle n'a pas consacré à celle qu'elle aime plus que tout.

« C'est souvent au crépuscule de la vie qu'on tire malheureusement les conclusions de nos actions. Mais rien n'est trop tard Mary… Laure est vivante et bien vivante ! À vous de ralentir et de prendre le temps nécessaire. Comme avec les enfants, ce n'est pas l'espace-temps qui est important mais la qualité des moments que vous donnez à l'autre… Réfléchissez-y.

— J'ai bien fait de m'arrêter chez vous ce soir.

— Oui, vous avez bien fait. J'avoue avoir une faim de loup et il y a un petit restaurant français au coin du block où je vous propose de continuer notre discussion.

— Je n'ai pas vraiment le cœur à diner.

— Et bien vous allez m'accompagner, et je suis sûr que vous ne résisterez pas à leur sole meunière... Et puis, si l'appétit ne vient toujours pas, la carte des Bordeaux est irrésistible. »

Maintenant que Mary sait, Laure doit leur dire. « C'est un peu compliqué au milieu d'une fête » pense-t-elle. Surtout qu'elle ne l'a pas dit à Paul et qu'elle ne peut lui faire ce choc en public, de façon solennelle et conventionnelle. « Chers amis, je vais mourir, je vous propose donc de lever notre verre à la vie ! C'est bien, non ? » se dit-elle amusée. Il faut bien rire de tout. Si elle n'avait pas vécu comme cela, elle serait morte depuis longtemps.

La mort est dans sa vie depuis si longtemps. À l'âge des marelles, ses parents sont partis et jamais revenus. À l'âge des concours de corde à sauter, son frère a disparu sans qu'elle ne sache s'il était ou non vivant. À l'âge de ses premiers amours, les Laugier sont partis pour toujours, à quelques mois d'intervalle. En pleine maturité, son mari est parti rejoindre tous ceux qu'elle aimait... Alors la mort, elle la connait bien et elle ne lui fait pas peur. Elle se voit parfois retrouver tout le monde, là-haut, autour d'une grande table conviviale, comme ce soir. « Et on fêterait nos retrouvailles » se dit-elle, comme ce soir. « Et on célébrerait la mort et la vie éternelle. Comme ce soir. »

« Bon, tout cela est finalement bien triste » se dit Laure qui n'a pas du tout envie de ternir l'atmosphère de cette soirée. C'est si bon d'être là avec eux. Elle choisit de se taire. Pour ce soir. Mais pense très fort à Mary, si loin. Si seule. Avec qui elle partage désormais ce secret.

Mary a gouté la sole d'Alain, qui est effectivement divine et s'est laissée aller à un second verre de Marbuzet, qui est parfait ! Elle a besoin de lâcher prise et Alain le lui permet ce soir.

Alors ce soir-là, elle décide de tout mettre entre parenthèse. Sa vie, son travail et le drame qu'elle doit affronter maintenant.

Mary et Alain sont si bien…que Mary ne refuse pas ses lèvres à Alain quand il s'approche pour lui souhaiter bonne nuit. Un baiser rapide et tendre. Un baiser fou et déraisonnable. On verra bien. Ce soir on est tellement bien !

De l'autre côté de la ville, Patricia et Alexandre sortent de la séance de cinéma les derniers.

Main dans la main et le regard tourné dans la même direction.
Ils remontent la Cinquième Avenue comme si le monde leur appartenait…

Affronter le bonheur parait si simple et si compliqué à la fois.
Pourtant Patricia a besoin d'effacer une scène douloureuse de son histoire avec Alexandre. Cette rupture. Cette trahison. Elle ne sait pas comment pardonner totalement pour s'en libérer mais elle doit trouver la solution pour que l'ombre de cette maitresse d'un soir ne vienne plus hanter ses nuits.

Attablée, la petite bande joyeuse – et si hétéroclite - décide de se raconter. Laure revient sur les premières semaines de son arrivée magique à New York, son mariage réussi, la petite Mary qui vit à cent à l'heure depuis toute petite. Paul parle de ses erreurs et de ses remords. Alexandre qu'il n'a pas pris le temps de voir grandir, Sophie dont il est si fier, de ses combats continuels qu'il a toujours placés au-dessus de tout et de ses frustrations. Il parle de l'Amérique aussi et de son retour en France, des femmes qui ont traversé sa vie en ne s'y arrêtant pas longtemps. Comme ses enfants, ses conquêtes ont vite jugé que leur place secondaire à ses côtés, n'était pas suffisante. Il aurait fallu être une passionnée, une militante acharnée, une intellectuelle politisée... Pour supporter de n'être que le maillon des combats de Paul. Il aurait fallu partager pleinement le sens de sa vie pour réussir à trouver sa place auprès de cet homme, toujours en quête d'un nouveau combat à mener.

Géraldine se trouve toute bête à évoquer son enfance et sa vie plutôt facile jusqu'à présent, même si ses « années divorce » ne furent pas faciles. Sophie se fait timide mais raconte avec charme ce père qu'elle admire et qu'elle ne juge pas, parle peu de sa mère et concentre tout son récit sur son homme et ses enfants.

Quand Claire se lève à son tour, tout le monde s'attend à un discours confus et long mais après tout n'est-ce pas que là le charme de cette femme-enfant.

« Je vais me marier » esquisse-t-elle avant de se rassoir sans autre commentaire.

Seul le silence s'impose alors à la table.

— Avec ton amour de jeunesse ? » Interrompt Géraldine interloquée.

— Non ! avec Fred » répondent d'une même voix Laure et Sophie.

Finalement, cet intermède inattendu a changé le cours de la soirée. Personne ne pense à présent à la maladie de Laure, ni même elle. Personne ne pense aux soixante-dix années qui viennent de s'écouler pour Laure et Paul, ni même eux.

Après le choc, après l'incompréhension, vient le temps du récit.

Et chacun se régale de la candeur du monologue de Claire. De temps à autre, une question s'y glisse mais Claire n'en a que faire… Elle continue, inlassablement, de raconter et de se raconter. D'avouer ses errements, ses doutes et finalement réaliser qu'elle a eu des attentes légitimes toutes ces années.

- « Tu en penses quoi ? »

Géraldine et Sophie ont décidé de partager un taxi, un peu plus haut sur le boulevard. Le diner a été à la hauteur de leurs espérances, mais il leur faudra bien soixante-douze heures et quelques tisanes de sauge pour en venir à bout. Géraldine se promet de rajouter cette adresse à la liste –déjà longue- de ses restaurants favoris.

« Tu sais, moi je crois aux rencontres et aux bonnes choses qui n'arrivent jamais vraiment par hasard » répond Sophie.

« Je ne sais pas, ce garçon... J'ai encore peur que ce soit une illusion ! Elle veut tellement se créer une bulle d'amour qu'elle est

toujours prête à tomber folle amoureuse du premier mâle venu »
s'inquiète Géraldine.

« Sauf que celui-là, il n'est pas facile à attraper. J'ai parlé avec
Laure qui l'a quand même fréquenté quelques jours à l'hôpital, et
son cas est tout à fait passionnant pour un étudiant en psychanalyse.
Entre lui et Claire, c'est Freud et Lacan sur un même divan !

— Ce n'est pas pour me rassurer Sophie…Non mais tu imagines le
couple de dingues ! Elle, d'un naturel plutôt infirmier, elle va passer
sa vie à son chevet !

— Et bien tant mieux ! Quelle complémentarité ! »

Géraldine se dit que finalement, sa vie amoureuse est plutôt bien
réglée. Elle a épousé son premier mari, après quelques aventures
sans importance. Un premier mariage qui a été un premier essai sur
l'engagement et le couple. Elle en a tiré les leçons nécessaires pour
passer à une autre histoire, qui lui convient davantage. Finalement,
elle avance dans le sens de ses désirs. Rien n'est acquis, se dit-elle
chaque jour. Et ce pacte, Géraldine et Éric l'ont signé de fait, en
emménageant ensemble, avec les enfants de l'un et l'autre. Non, rien
n'est acquis….

« Je ne laisserai pas partir Bethsabée seule. »

Lou a attendu que la maison soit calme et les filles couchées,
pour aborder le sujet avec Rob. Celui-ci, pris dans l'action du nouvel
épisode de la série « Criminal Minds », ne l'entend pas.

— Rob ! Je te parle ! Peux-tu éteindre dix minutes cette télévision et m'écouter. On parle de ta fille et de ses désirs de partir dans quelques mois.

— Rien n'est fait Lou. On verra ce qu'il en est quand nous aurons à y faire face.

— Mais tu es incroyable ! Bethsabée partira ! Avec ou sans notre accord. »

Lou est visiblement ébranlée par un monde qui s'écroule : la fin de l'enfance, de son sérail et cette première fissure familiale qui va lui enlever sa fille devenue adulte. Rob s'en aperçoit alors. Il enregistre la fin de l'épisode, éteint la télévision, et prend Lou contre lui dans le lit.

« Rob… Il faut peut-être envisager de refaire une fois de plus nos valises. Après tout, la Californie, c'est chez toi !

— On ne va pas passer notre vie à fuir Lou ou à déménager dès qu'un problème se présente ! » s'énerve Rob, ce qui n'est pas dans ses habitudes.

— Eh bien moi je pars avec Bethsabée ! Je ne laisse pas ma petite fille de dix-huit ans seule, à l'autre bout du pays.

— Elle n'est pas seule, mes parents sont là-bas…

— Tu sais très bien que c'est pire que tout Rob ! »

Lou s'est tournée vers la fenêtre, au bord du lit. Elle pleure en silence.

Rob rallume la télévision et ne dit plus un mot.

Demain est un autre jour. Et ils en parleront plus sereinement après une nuit de réflexion.

Même si Paul et Laure se voient tous les jours, Laure n'en oublie pas pour autant Nicole. Elle lui consacre toutes ses matinées et la pousse à parfois les rejoindre dans leurs périples dans Paris. Souvent, timidement, elle commence par refuser. Mais cède bien rapidement et alors Nicole passe un moment délicieux au milieu de cet amour fraternel.

Jeudi dernier, Paul a appelé Nicole et lui a annoncé qu'ils partaient tous les trois à Honfleur. Il a réservé deux chambres avec vue dans un charmant hôtel sur le port et le temps s'annonce superbe.

Nicole n'a pas eu le loisir d'hésiter, Paul a raccroché.

Ce vendredi matin, Paul se gare à quelques mètres de l'appartement de Montrouge et vient chercher les deux femmes. Il règne dans la maison une excitation folle ! Les valises sont bouclées et les sacs prêts. Nicole et Laure ont préparé quelques encas pour la route dans un joli panier de pique-nique délicieusement désuet.

« Nous n'avons que deux heures de route mesdames » s'amuse Paul.

Sur la route, on parle sans cesse. Paul raconte comment il a réussi à imposer une réforme dans une Loi naissante, après avoir mobilisé l'opinion publique pendant des mois. Nicole et Laure reviennent sur leur enfance à Montrouge et sur les petits voisins avec lesquelles elles jouaient. Le couple du deuxième avait également des enfants qui avaient une grande différence d'âge, si bien que Laure jouait avec François qui avait un an de plus qu'elle, et Nicole avec Louise, qui était également dans sa classe.

Ils arrivent à Honfleur pour le déjeuner et même s'ils ont englouti les sandwichs en chemin, ils sont affamés.

« L'air de la mer » s'exclame Laure, si heureuse d'être là avec son frère et sa sœur

Ils s'attablent face au port, noyé sous le soleil de midi. Il fait beau. Il fait bon. Tout est magnifique !

Laure dévore un plateau de fruit de mer, Paul une belle sole grillée et Nicole choisit une friture d'éperlans. Le poisson est si frais, certainement pêché le matin même.

Ils entreprennent ensuite de se promener dans les ruelles centenaires. Qu'Honfleur est belle en cette saison. Dans une galerie d'art, Nicole tombe sous le charme d'une petite toile représentant un paysage normand. Laure le lui achète sans hésitation.

« Comme ça, je serai toujours à tes côtés dans l'appartement. »

Et déjà Nicole pense à ce jour où Laure repartira vers les Amériques.

Et déjà Paul n'ose imaginer que tout cela peut s'arrêter demain.

Alors que Nicole a regagné sa chambre pour une petite sieste méritée, Laure frappe à la porte de Paul.

« Paul, il faut que je te parle.

— Je sais Laure.

— Tu sais quoi ?

— C'est un peu compliqué, mais Mary est très proche du mari de Lina, dont le laboratoire s'est occupé de tes examens. Nous savons tous Laure. Promets-nous, promets-moi de te soigner en rentrant.

— Je te promets de faire au mieux de ce qu'il faut faire mon frère. Quoiqu'il advienne de moi, ces semaines auront été à la hauteur de tous mes rêves les plus fous ! Je t'aime Paul ! »

Et le week-end se poursuit dans cette atmosphère de collégiens sur le retour. On part à la ferme de bon matin, chercher de délicieux fromages. On s'autorise une longue promenade en voilier, bercé par le roulis des vagues. On prend la direction de Deauville pour le goûter et on dévore crêpes et gaufres maison. On se dévergonde au casino en dépensant bêtement son argent avec plaisir. On assiste à une course de chevaux, on s'enthousiasme en encourageant ceux sur lesquels on a misé… Et Nicole gagne le tiercé dans le désordre !

Puis est venu le temps de rentrer et de quitter cet havre de paix. Le trio s'entasse dans la voiture avec les souvenirs, le tableau, les fromages fermiers et quelques plants magnifiques d'hortensia pour le balcon de Nicole.
Épuisés mais tellement heureux.

Pourtant un matin, Laure annonce qu'elle repart et Nicole s'en désole. Elle s'est habituée à cette présence chaleureuse, et l'appartement tout entier vibre d'une énergie positive nouvelle. La vie a repris le dessus entre ces murs tristes, habités des fantômes d'Hélène et René.

« Je dois rentrer Nicole. Je l'ai promis à Mary et puis Paul va venir dans deux petites semaines me rendre visite à New York. J'aimerais beaucoup t'avoir aussi chez moi. Réfléchis-y. Je sais que le voyage te parait le bout du monde. Mais avec un somnifère léger, tu n'auras pas le temps de compter les heures de vol, crois-moi !

— Je te promets d'y réfléchir Laure...Tu vas tellement me manquer ! »

Paul a regardé rapidement le programme de ses conférences. Il ne peut annuler la tournée en Europe des dix prochains jours, mais déplacera celles d'après. Dans quinze jours, il sera à New York chez Laure. C'est entendu ainsi !

La valise noire à nœuds roses est prête. Devant la porte. Et le taxi l'embarque avec Laure et Nicole vers Roissy. Nicole a tenu à accompagner sa sœur à l'aéroport...Chaque minute est devenue importante. Et elle ne sait pas encore quelle importance le temps prendra bientôt pour Laure.

Mary se précipite dès qu'elle aperçoit Laure à la sortie des arrivées de JFK et lui annonce qu'elle a pris sa journée pour fêter son retour.

Dans le taxi qui file vers Manhattan, Laure raconte toute l'aventure à Mary. Comment elle a identifié Paul, comment celui-ci a tenté de refuser ce destin qui s'est offert à eux, la valise bien sûr et ces cinq filles incroyables. La rencontre avec la fille de Paul et la vie de Paul. Et puis Nicole, cette demi-sœur qui s'invite finalement dans sa vie après tant de décennies.

Mary écoute. Partagée entre la joie de voir tout ce bonheur éclore enfin et la tristesse de se dire que tout ça arrive bien tard.

Laure désire rejoindre immédiatement son appartement pour y reprendre ses marques. Mary commande alors le déjeuner et les deux femmes le partagent tendrement.

« Tu sais maman, ces quelques semaines ont changé beaucoup de choses. Ta maladie d'abord, le tourbillon de ma vie et cette perte de temps continuelle. On passe tous à côté de tout finalement. On n'a qu'une seule vie et on la gâche en courant après le futile. On oublie d'aller à l'essentiel. En te voyant reprendre vie après soixante-dix ans d'errance, je me suis dit qu'il ne fallait pas attendre pour décider de sa vie. Je ne parle pas de toi, puisque tu n'es pas responsable de cet amour lésé… Mais des autres et de moi.

— C'est bien Mary. Il vaut mieux faire ce constat à trente ans qu'à soixante-dix, crois-moi. Tu es jeune mais pas assez jeune pour perdre encore de précieuses années.

— J'ai fait une rencontre… Rien de sérieux… Mais un homme qui, sans le savoir, a bousculé ma vision de la vie et m'a permis de réfléchir au sens des choses. Je vais prendre du temps pour moi Maman. Et pour nous. J'en ai besoin ! »

Laure se lève pour embrasser le front de celle qui ne cessera d'être sa petite fille.

« Et j'imagine que tu as pris rendez-vous chez mon médecin pour demain ? ...

— Tu imagines bien » sourit-elle.

Fred sort enfin aujourd'hui de l'hôpital. Claire a passé plusieurs heures à arranger la maison, à préparer le déjeuner, et a acheté quelques petits cadeaux de bienvenue. Elle est si heureuse.

Elle a longuement téléphoné à son père la semaine passée. Ils viendront passer quelques temps à Aix, mais dans quelques mois, quand Fred n'aura plus besoin d'un suivi aussi fastidieux.

Elle a eu sa mère aussi. Elle lui a raconté sa rencontre, son bonheur tout neuf et sa mère lui a parlé d'un homme fantastique dont elle vient de faire la connaissance à un meeting. Comme d'habitude, ça ne l'intéresse pas, se dit Claire, qui prétexte un autre appel sur la ligne pour raccrocher.

« Je lui parle de moi et elle me parle d'elle. Et la voilà, à plus de soixante ans, en train de tomber amoureuse d'un collègue de combat... Je me demande qui fatigue qui finalement » conclut Claire.

Fred est tellement heureux de rentrer chez lui. Tout est à sa place. En mieux. Claire a eu l'intelligence de ne pas mettre sa patte personnelle chez lui, ou si peu. Juste quelques touches discrètes pour améliorer sans bouleverser.

Et elle est là sa sauterelle, toute mignonne dans son ensemble vert, le cheveu soigneusement lissé et les ongles parfaits.
Il se dit qu'il n'a jamais été si heureux. Jamais.

Alain et Mary se sont revus. Ils ont diné ensemble plusieurs fois. Ont vu quelques films. Mais rien n'a vraiment commencé. Certes leurs baisers d'adieu sont devenus de plus en plus langoureux mais aucun d'eux n'a tenté d'aller plus loin. Par respect. L'un pour l'autre. « Et un peu pour Lina aussi » estime Alain.

Pourtant ce soir-là, Alain est décidé à parler à Lina pour arrêter de se mentir.
Il quitte le laboratoire suffisamment tôt et rentre chez lui.
Lina n'est pas là. Il jette un œil à son téléphone et y voit un message auquel il n'a pas prêté attention plus tôt : je sors avec Liz diner. À plus tard.

Leurs rapports en sont réduits à des échanges de quelques mots. Ils se croisent dans la vraie vie. De temps en temps, dans la vie « pour de faux », ils vont à des diners ensemble, des inaugurations ou à des soirées de charité. Quand il faut préserver les apparences. Et ça, il n'en peut décemment plus. Alors il joue la comédie du mari jaloux. Pour les autres. Pour sauvegarder les apparences d'un amour qui n'est plus. Les autres le pensent insupportable quand il n'est que malheureux. On le croit rustre quand il est juste lâche. Sa femme le pense éperdument amoureux en fait…Quand il a déjà fait le deuil de leur vie de couples.

Alors il s'assoit dans la pénombre de la pièce, sur le sofa le plus proche de la fenêtre. Il peut ainsi contempler New York, l'ombre des buildings de Midtown et les lumières de la ville qui ne dort jamais. Il ne se lasse pas de ce spectacle, comme tout New Yorkais.

La clef tourne enfin dans la serrure doucement et Lina ne s'attend pas à entendre la voix d'Alain l'interpeller. Elle le pensait occupé comme il n'a pas appelé…

« Tu as passé une bonne soirée ? » Lui dit-il.

— Rien de spécial et toi ? Tu es rentré tôt.

— Je suis rentré pour que l'on se parle Lina… On ne prend plus le temps de rien depuis longtemps, mais là, on est arrivé à un point extrême où on ne communique plus que par écrit.

— Tu ne viens à la maison que pour y dormir, même quand je suis là ! Et pourtant tu me traques comme si je t'appartenais. Je suis un jouet dont tu ne te sers même pas, mais sur lequel tu exerces un joug malsain

— Je ne suis pas là pour te faire des reproches, ni faire des bilans qui ne servent à rien.

— Tu veux parler de quoi alors ?

— De nous Lina…Et de ce qu'il faut bien appeler l'échec de notre couple. »

« Finalement, c'est ce soir » se dit Lina. Elle sait depuis des mois déjà que cette discussion est sur le point d'éclore à chaque aller-retour. Et pourtant, pour une fois, elle n'a pas pris les devants pour sortir la tête haute de son mariage. Comme d'habitude. Comme si, finalement, elle a besoin d'apprendre sa leçon. Pour passer à autre chose. Alors elle le laisse poursuivre, sans commenter, ni manifester quelque reproche que ce soit.

« Lina, nous ne sommes pas ensemble pour les bonnes raisons. Ni toi. Ni moi. Moi, j'ai été happé par l'illusion. Celle d'une femme belle et audacieuse. Celle qui pouvait prétendre à être la femme d'un homme d'affaires en vue dans cette ville d'apparences.

Toi, tu as été portée par les illusions. Celles d'un avenir radieux, grâce à ma situation professionnelle et sociale.

Les illusions ne durent qu'un temps.

Lina, on va être heureux. On va être très heureux en mettant fin à cette vie de mensonges. »

Lina ne comprend pas le sens de cette conversation et quelle est sa place dans les promesses de bonheur d'Alain.

« Lina, je n'ai pas cessé de t'aimer mais nous nous détruisons. Nous trouverons le bonheur l'un sans l'autre, car finalement nous nous ressemblons trop. Nous aimons l'argent et le pouvoir. Nous ne faisons que faire monter les enchères, en restant ensemble. Toi comme moi, devons retrouver la valeur des choses, mais dans des destinées séparées. »

Comment ne pas être en accord avec cette implacable analyse de leur couple. Elle vient d'être larguée, remisée mais doit bien reconnaitre qu'il a raison.

Alain se lève vers Lina et la serre tendrement contre lui.

« Je serais là Lina. Toujours. Et pas seulement à cause des enfants, mais parce que tu fais partie de ma vie et que tu y auras toujours une place de choix.

— Il y a quelqu'un d'autre ?
— Non…Seulement un constat de milieu de vie. »

Lina et Alain dorment très collés cette nuit-là sans que l'un comme l'autre n'ait l'idée d'aller plus loin. Comme deux êtres en mal d'amour et de chaleur. C'est certainement là, la plus douce et la plus sincère de leurs nuits.

Demain Alain retournera travailler et Lina rejoindra Miami et les enfants. Pour y rester. Pour de bon.

Quand Lou ouvre les yeux, Rob est déjà dans la salle de bain. Ça ne lui ressemble pas. Lou le rejoint.

« Où en est-on, chéri ?

— Je ne sais pas quoi te dire Lou. Je ne me vois pas de nouveau tout recommencer, chercher un nouveau travail bien payé en pleine crise économique, changer d'amis, d'habitudes, de maison… Devons-nous subir nos enfants Lou ? Qui décide de l'avenir de notre foyer ? Bethsabée a le droit de faire ses choix, mais ils ne doivent pas décider de notre vie. Je me trompe ?

— Non. Tu as raison. Mais je ne peux pas me faire à l'idée que Bethsabée nous échappe si jeune. Ni au fait qu'elle va se faire entretenir par tes parents. En déménageant en Californie, on peut prendre en charge une partie de ses frais…

— Lou…

— Oui…Je sais »

Lou part se recoucher, en boule, sous la lourde couette orange.

L'attente dans la salle blanche aux lourds sièges verts a été bien trop longue. Chaque minute s'est étirée sans fin. Et puis l'infirmière a introduit les deux femmes dans le bureau du médecin. Laure et Mary lui font face. Sans préambule ce dernier explique aux deux femmes les derniers résultats reçus. Il est honnête et factuel. Il ne ménage pas Laure quand il explique que le traitement sera sévère, ni quand il évoque ses chances de succès et les risques inhérents.

Mary demande alors à lui parler seul. Laure a déjà décidé de son destin.

« Qu'en pensez-vous docteur ?

— Que votre maman n'est plus jeune et très affaiblie. Et que vous devez lui laisser le choix de sa vie. »

Paul arrive par le vol de trois heures. Le ciel est dégagé. Il a demandé qu'on ne vienne pas le chercher à l'aéroport. Il déteste cette attente pour ceux qui guettent le visiteur, le tableau des vols à l'arrivée et comptent les minutes de retard. Il fait chaud. Il fait froid. Il n'y a pas de sièges... Bref, Paul se sent bien mieux à l'idée que Laure l'attend au calme et au chaud, a-t-il confié à sa sœur avant d'embarquer.

Le taxi s'arrête devant l'immeuble cossu de Laure. Paul est décidemment très excité à l'idée d'être là, dans une ville où il a vécu et laissé tant de souvenirs mémorables. Et d'y retrouver sa sœur. Mary a rejoint sa mère parce que c'est important pour Laure que sa fille unique fasse partie de ce moment d'exception.

Et demain, ils iront diner avec Alexandre, Patricia, Lou et Rob.

Comme la vie a pris un autre sens ces derniers mois, et comme le destin a radicalement changé l'existence de chacun.

Paul a ramené un beau foulard pour Mary et quelques gourmandises pour Laure.

Il n'a pas fallu beaucoup de temps à Mary et Paul pour faire connaissance. Ces deux forts caractères se sont entendus rapidement, même si leurs points de vue sur les enjeux du monde divergent totalement.

Laure a autour d'elle les siens. Le moment est venu de leur parler sans drame. Elle leur fait part de la situation et leur dit qu'elle a choisi de vivre le temps qu'il lui reste doucement, et de s'en remettre au ciel. Après tout, s'ils sont là ce soir, c'est un don divin !

Laure ne sait pas qu'à part Paul, les autres connaissent la situation depuis longtemps. Et Paul l'a compris. Parce que chaque mot, chaque geste de sa sœur trahit son mal... Il aurait aimé se tromper mais ce soir-là, elle ne fait que malheureusement confirmer ses doutes. Il se refuse à pleurer en sa présence. Il le fera en silence, pendant cette longue nuit qui va succéder à ces aveux.

Les jours passent.

Et Paul reste. Et Laure se fatigue. Et Mary a demandé un changement de poste. Elle travaille désormais plus sur la stratégie propre que sur les événements. Ce qui lui permet de vivre à un rythme moins effréné et de moduler son temps.

Elle passe des après-midis entiers chez Laure avec Paul. Et Paul raconte. Et Laure se délecte de chaque récit.

Dès qu'elle s'en sent la force, Laure demande à Paul de l'emmener à Central Park. Elle y nourrit les écureuils d'un naturel craintif, écoute les musiciens bourrés de talent et observe la nature préservée de la ville. Elle refait le monde avec Paul. Ils parlent politique, problèmes sociaux, environnement et ne sont évidemment jamais d'accord, ce qui les fait beaucoup rire. Et les rapproche tellement.

Laure profite de ces moments privilégiés pour conseiller Paul aussi. Elle lui fait promettre de privilégier Alexandre et Sophie, de passer plus de temps avec ses petits-enfants... Et de veiller sur Mary et Nicole.

Ce qu'il promet.

Un soir, de retour de promenade, Paul appelle Nicole et lui fait part de l'état de santé de Laure. Il ne lui dit pas tout. Il évoque avec pudeur un problème d'importance mais ne mentionne pas le degré de gravité ni l'urgence à vivre le moment présent. Nicole propose de venir à l'automne, quand il fera moins chaud. Et Paul estime que c'est une bonne idée.

Sous les arbres de Central Park

À l'automne la nature et la ville changent de couleur. L'été indien arrive et New York se teinte de couleurs terre-de-sienne et ambre. « C'est la plus belle des saisons » se dit Mary. Elle passe souvent quelques heures le week-end à se promener dans les rues de Greenwich ou Soho, pour photographier la ville et la magie de ses rues.

L'automne arrive et Laure se présente au crépuscule de sa vie.

Laure est partie doucement. Ce petit bout de femme, attaquée par la maladie, a continué de sourire au sort jusqu'à son dernier souffle.

Et Paul est resté. Il l'a accompagnée jusqu'à la fin, se refusant à manquer une seule seconde de ce qu'il leur restait à vivre en commun. Il arrivait le matin et n'en repartait que le soir. Il lui parlait beaucoup et elle écoutait. Il la faisait rire et elle aimait ça. Et il l'embrassait tendrement avant de quitter l'appartement pour la nuit. Laure ne voulait pas qu'il dorme chez elle.

« Si tu dors chez moi, je vais penser que je suis malade » s'amusait-elle.

« Profites des bons restaurants de la ville, va te promener

et reviens me faire rire demain matin. »

Il n'est jamais sorti, ne s'est pas promené pas et n'est pas allé diner. Il rentrait pleurer, puis tentait de dormir jusqu'au lendemain matin.

« C'est fini… Elle est partie » murmure Mary dans un sanglot retenu.

« J'arrive ! »

Alain rejoint Mary dans le petit restaurant italien en face de son bureau. Alain et Lina ont consommé leur séparation sans pour autant officialiser leur divorce. Lina s'est réfugiée dans son cocon floridien, avec sa horde de copains et de fêtards du soir. Alain s'est contenté de savourer une liberté retrouvée.

Mary n'a pris la place de Lina dans sa vie. Elle a rendu à Alain la sienne. Elle lui a fait découvrir Central Park dans ses moindres recoins, racontant l'histoire de sa création mais aussi celle des différents espaces : Le jardin anglais de Shakespeare, le point culminant du « Park » qui servait en d'autres temps à annoncer les incendies, l'hommage à John Lennon face à son immeuble, le Bandshell et ses concerts, le Mall et ses vendeurs ambulants… Alain l'a initiée à la cuisine française dans les grandes Maisons de New York et les charmants bistros locaux. Mary aime les longs après-midis sous la couette à regarder les comédies musicales des années cinquante et Alain l'emmène chez les petits créateurs du bas de la ville. Mary lui apprend les vertus du sport et Alain celles du plaisir.

Ils sont deux qui forment un être unique complémentaire.

L'enterrement est à l'image de ce que Laure aurait souhaité le jour de son grand départ. Le ciel de New York est dégagé, et une légère brise vient caresser les beaux arbres centenaires.

Plusieurs dizaines de personnes sont présentes, en dehors des proches. Des proches d'hier, des proches de toujours, et des proches qui ont bouleversé la fin de sa vie.

Une émotion palpable se dégage de l'assistance, pourtant, il y règne également une grande sérénité.

Ceux qui savent, sont bouleversés mais aussi conscients que Laure est partie à l'heure où elle l'a décidée. Elle a rempli sa mission et réalisé son vœu le plus cher. Paul a été à ses côtés jusqu'à la fin, elle a trouvé deux neveux exceptionnels qui vont enfin se rapprocher, grâce à elle. Elle a fédéré autour de son histoire les cœurs de filles fantastiques… Et Nicole. Cette sœur si longtemps absente, a effacé cinquante ans d'aigreur, de rancœur et de mésentente. Nicole est devenue l'amie qu'elle n'a pas été dans sa jeunesse.

Nicole est là, sous le doux soleil, très abattue. Elle n'a pas eu le temps de la rejoindre de son vivant, reculant l'heure d'affronter le long voyage, et la voilà ce jour, trop tard, pour dire adieu à celle qu'elle a dû secrètement aimer toute sa vie.

Nicole bouleversée, mais en paix avec elle-même. Comme le temps lui a semblé long au départ de Laure. Comme il va être interminable maintenant…

Géraldine a accompagné Nicole depuis Paris. Elégante dans son tailleur noir et ses escarpins vertigineux, elle affiche une tristesse retenue. Sophie a tenu à faire le voyage avec elles, et en a profité avant son départ pour rassembler ses fils et leur raconter toute cette aventure : qui était Laure, la sœur de papy, comment ils se sont retrouvés, comment la vie brise parfois les familles et qu'il faut s'aimer toujours tellement fort… À ses côtés, Lou, Patricia et Alexandre, venus de l'autre côté du pont. Puis Claire effondrée et Lina absente.

Au premier rang, Mary semble si perdue. Ce matin, elle a compris toute la signification du mot orpheline. Elle se sent si seule. Elle perd aujourd'hui le dernier maillon de la génération qui l'a protégée toute sa vie. Aujourd'hui c'est elle qui porte le flambeau familial. Elle a hérité d'un oncle dans toute cette aventure, et Paul lui permet de ne pas flancher. Paul et Alexandre. Paul et Sophie. Ces cousins inconnus, tout à coup si présents dans sa nouvelle vie.
Et Alain…

Patricia est restée…
Et la veille de son départ elle a bien l'intention de s'ouvrir avec franchise à Alexandre. Le temps est venu de faire des choix, de les assumer et de ne plus renoncer.

À Alexandre, elle parle alors d'un futur à deux. Elle fait des projets et il en est fou de joie.

Elle part demain rejoindre Miami et reviendra sous quelques semaines.

Elle a retrouvé son esprit combatif qu'il a toujours aimé.
Il lui promet de s'assagir et d'apprendre à se poser, mais de ne pas changer dans le fond.

Il lui parle de revoir les fondements quotidiens, il promet de s'arrêter de courir de part le monde, il lui suggère de penser à un avenir radieux ensemble.
Alors elle ose lui demander comment était cette fille d'un soir.
Il l'embrasse.

« Quelle fille ? » Sourit-il… Je n'ai jamais aimé que toi.

Qu'Alexandre ait inventé cette raison à l'époque pour se soustraire à Patricia ou qu'il feigne aujourd'hui que cette escapade ait eu lieu, l'essentiel pour Patricia est qu'il lui avoue ce soir que cette fille n'a jamais existé.

La parenthèse vient de se refermer enfin. Une nouvelle page de leur histoire peut commencer.

Patricia est rentrée à Miami et mis de l'ordre dans sa vie floridienne. Elle a signifié son départ à son propriétaire, en arguant d'une mutation à New York pour négocier de rendre l'appartement de façon précipitée.

Elle a annulé ses abonnements d'eau, d'électricité, de téléphone, de câble et d'internet et vendu sa voiture.

Elle a trié ses affaires, a donné celles qui ne lui serviront plus et mis les autres dans de grands cartons.

Elle a réuni ses quelques copains dans un restaurant en bord de plage et les a invités à lui rendre visite à Manhattan, dès qu'ils le souhaiteront. Elle a promis aussi qu'elle reviendra quand elle et Alexandre auront trop froid, et seront en quête du soleil floridien.

Le jour de son départ, elle a retrouvé Lina. La dernière de la bande part. La belle libanaise reste seule avec son histoire inachevée, ses contradictions et ses états d'âmes. Ses sorties d'un soir, ses aventures au bras d'hommes élégants, ne remplacent décidemment pas le petit confort de vie auquel elle était habituée, entre son mari et ses amis, entre Miami et New York. Elle n'a pas su le gérer. Elle est en train d'apprendre à en tirer les leçons.

À la sortie du cimetière, un homme en complet sombre attend les amis les plus proches pour leur remettre un courrier, et leur expliquer qu'il est avocat et qu'il les attend demain à son cabinet à la demande de la défunte.

Chacun prend ce courrier avec étonnement. En hommage à Laure, ils ont décidé de se retrouver dans un petit restaurant français de Brooklyn. Laure n'aurait pas aimé qu'on se sépare comme ça, avait prévenu Paul.

« Nous allons déjeuner en sa mémoire même si le cœur n'y est pas. Elle a fait le lien entre nous… Nous devons continuer de faire perdurer ce fil rouge » conclut le grand frère.

Une fois dans leur voiture, chacun ouvre la lettre remise par l'avocat. Ce n'est qu'une simple convocation testamentaire.
« Laure est vraiment partie » se dit Claire, dans un immense élan de mélancolie.

Claire a programmé ce voyage parisien avec appréhension. Fred va beaucoup mieux et ses visites à l'hôpital s'espacent, mais il a tellement besoin d'elle. Elle a eu presque le sentiment de l'abandonner, même si le seul regret qu'il a exprimé à son départ, était celui de ne pouvoir l'accompagner pour rendre un dernier hommage à cette femme merveilleuse.

Elle lui manque sa petite sauterelle.

Claire a demandé à des amis de Fred de passer à tour de rôle. Un le matin, et un autre l'après-midi et si l'un d'eux voulait passer la nuit à ses côtés, il était le bienvenu.

« Fred doit apprendre à dépasser ses peurs » pense-t-elle, mais pas aujourd'hui.

Claire n'est pas retournée à Miami.

Elle a sous-loué son appartement à une jeune fille fraichement débarquée, par l'entremise de connaissances communes, et a demandé à Lina de s'occuper d'empaqueter ses effets personnels et de les mettre dans un petit entrepôt.

« Je viendrai bientôt ! Dès que Fred ira mieux » a-t-elle promis.

Et le bientôt n'en finit pas. Et Claire n'en a que faire. Ni de ses jolis vêtements, sa collection de chaussures, ses photos et tous ses petits souvenirs de vie.

Elle a recréé son nid chez Fred en faisant fi du passé. Et c'est parfait comme ça. Pas de surcharge, ni dans ma tête, ni dans mes petites affaires, conclut-elle.

Pour gagner sa vie, Claire a proposé ses services de masseuse à des instituts de beauté. Elle y travaille de façon décalée, pour pouvoir gérer sa présence auprès de Fred. Elle fait aussi quelques extras dans l'immeuble et dans ceux du pâté de maison.

Ce n'est pas la panacée, mais ça leur permet de pourvoir à leurs besoins. Le reste, l'amour le leur donne tous les jours.

Le lendemain de l'enterrement, tout le monde est à l'heure, ou presque.
Personne n'a vraiment dormi.
Non pas à cause de l'oppression suscitée par cette entrevue matinale mais plutôt par un besoin vital de revivre dans leurs esprits tous ces mois écoulés pour les comprendre et les analyser.

« Votre mère, sœur et amie est donc venue me trouver il y a un mois environ. Nous avons fait le point sur ses biens et elle a voulu que chacun d'entre vous garde d'elle quelque chose. Même si la grande partie de son patrimoine revient à sa fille, vous n'avez pas été oubliés. Mais ce n'est pas la principale raison qui m'amène à vous réunir ici aujourd'hui. »

L'homme en complet sombre marque un temps. Il scrute chaque visage pour y lire une réaction. C'est le moment qu'il préfère à chaque succession... Un peu comme un jeu de téléréalité quand on découvre le nom du candidat éliminé de l'épisode.

Le temps s'écoule lentement.

Il semble rassembler les papiers et préparer la seconde partie de l'entretien. En fait, il n'en est rien... Il fait durer sadiquement l'attente pour le plaisir. Le sien.
      Patricia l'interrompt.

« Maître, si nous pouvons continuer. Nous étions très proches sentimentalement de Madame Laugier, et ces derniers jours ont été un vrai calvaire. Donc si nous pouvions abréger, nous vous en serions gré.

— Bien sûr...J'y viens. »

— Donc Madame Laure Laugier a rédigé cette lettre que je vous lis. »

« Ma fille, mon frère, ma sœur, mes neveux, mes amis

À l'heure où vous découvrirez cette lettre, j'aurai tiré ma révérence comme aurait pu le phraser Fred. Vous m'en voulez certainement de ne pas m'être plus battue. Mais je l'ai fait depuis mon enfance. Je suis fière de tout ce que j'ai construit et ma vie s'est achevée comme un feu d'artifice inoubliable. Et vous tous, présents aujourd'hui, en êtes les acteurs majeurs. Merci à vous. Merci de tout mon cœur, d'avoir supporté ma détermination à retrouver Paul et de m'y avoir aidé. Merci d'être arrivés à ce moment crucial de mon existence et de l'avoir illuminé de mille feux.

Mais en vieille « emmerdeuse » que je suis – et je ne sais pas si Maitre Goldblum me lira dans la totalité des mots que j'ai choisi – j'ai besoin de vous une fois encore.

Je n'ai pas pris le temps de connaitre mon histoire, notre histoire à Paul et moi. Il y a quelques semaines seulement, J'ai réalisé que je partais les mains vides. Pour transmettre mon patrimoine familial, je dois le connaitre et je ne sais pas d'où nous venons mon frère chéri et moi-même !

Pour toi mon Paul, pour toi ma Mary, pour vous mes neveux... Je voudrais que vous recherchiez l'histoire de nos parents. Qui ils étaient, d'où ils venaient, comment nous avons vécu nos premières années et pourquoi ils nous ont été enlevés. Dans quelles circonstances ils ont disparu...

Vous ne vous attendiez pas à ça, hein ?

Une fois enterrée, vous pensiez que la vie allait reprendre son petit bout de chemin. Peut-être avais-je trop peur que vous vous enquiquiniez sans moi.

Alors je vous le demande... Écrivez l'histoire de nos parents. De là-haut, je vous suivrai et j'apprendrai avec vous.
J'ai conscience de ce que je vous demande.
Après, je vous promets de vous laisser enfin en paix.

Je vous aime tellement.

Laure »

Maitre Goldblum a fini sa lecture. Il est fier de son effet sur une assistance médusée et remercie la défunte de lui offrir ce grand moment théâtral.

Après plusieurs minutes d'un lourd silence, l'avocat assiste alors à un brouhaha et attend patiemment que chacun retrouve ses esprits. Ce qui n'est pas immédiat tant la surprise est grande. Entre « pourquoi remuer le passé ? » et « mais comment va-t-on s'y prendre ? » ... Les remarques fusent de tous côtés.

« Je vous propose d'en parler à l'issue de cette réunion » déclare Paul. « Maitre Goldblum a certainement autre chose à faire aujourd'hui. »

L'avocat termine par quelques généralités et demande qu'on le tienne bien sûr au courant des avancées.

Chacun regarde sa tasse de café avec intérêt… Pour ne pas avoir à réfléchir à cette nouvelle lettre.

« Décidemment, les lettres, c'est une spécialité de famille chez vous » déclare Géraldine, pour alléger l'ambiance de la table.

« Je ne sais même pas par où commencer » déclare Paul.

« Essayons d'être pragmatiques » coupe Patricia. « Les recherches doivent commencer en France. Je propose donc que ceux qui habitent l'Hexagone s'y attèlent en premier. Je propose aussi – si tu en es d'accord Lou - que tu rédiges nos découvertes dans un petit recueil, puisque tu es la littéraire de la bande. »

« Et comment fait-on ? » Interroge Nicole, complètement perdue.

« Justement Nicole, sais-tu si tu as des informations dans les vieux papiers de tes parents ? » demande Sophie.

« Il y a une grosse caisse de papiers, photos et documents dans la chambre de Laure, enfin dans sa chambre d'enfant. Je vous avoue ne pas avoir plongé dedans depuis des dizaines d'années….

— Et bien tu vas nous prendre un bain de souvenirs Nicole ! Si tu pouvais trouver quelques éléments, ce serait une piste de départ » répond Sophie.

« C'est d'accord…mais pas seule. L'idée de replonger dans ces vieux souvenirs douloureux m'angoisse. Qui partage cette mission avec moi ?

— Moi si tu veux » propose Géraldine.

— Moi aussi » renchérit Sophie.

Claire propose également son aide en cas de besoin. Elle reste encore très dépendante de l'état de santé de Fred.

« Nous allons commencer toutes les trois Claire » rassure Sophie. « Ça devrait être largement suffisant, ne t'inquiètes pas. »

Paul regarde toutes ces dames s'agiter et personne ne s'est demandé quelle pouvait être sa mission à lui. Car finalement cette recherche concerne son passé. C'est son histoire, son enfance, ses parents… Et on traite cette requête comme une partie de Cluedo. Ce qui apparait comme un nouveau challenge pour la troupe est finalement un enjeu capital pour lui.

« Vous êtes toutes des étrangères » a-t-il envie de leur répondre. « C'est ma vie et mes décisions et vous programmez, organisez, et planifiez sans moi. »

Pourtant, il n'a pas le cœur de contrarier autant de bonnes volontés.

« Mes amies, je suis fier de vous voir honorer ainsi la mémoire de Laure. Je vous en remercie. Mais je tenais à vous rappeler que vous allez enquêter sur ma vie, mes parents et mon histoire. Donc, sans vouloir vous offenser, j'aimerais diriger ces recherches.

— Bien sûr ! » s'en excuse Sophie. « Bien sûr Papa. Personne n'a voulu t'écarter, au contraire, nous sommes là pour t'aider au mieux. Nous serons en constant suivi par téléphone ou email et te reporterons ce que nous trouvons, et tu nous diras comment poursuivre alors les recherches.

— Merci à vous toutes. Je propose de passer les quelques jours qu'il reste à nos visiteurs pour jouer les touristes et profiter de la ville. Nous les New Yorkais, nous nous ferons un plaisir d'être vos guides particuliers. »

Ils décident de se retrouver vers trois heures, le temps pour chacun de se reposer après cette matinée éprouvante.

Claire part déjeuner avec Lina et Géraldine au Pain Quotidien de la quarante-deuxième rue. Claire sait pertinemment bien qu'elle n'est pas capable de rester seule et Géraldine a des envies de shopping salvatrices.

Paul désire s'isoler avec ses deux enfants. Alexandre a eu beaucoup de mal à revoir Paul. Il a fait bonne figure, par respect pour Laure et l'assistance.

Alors, quand Paul propose ce déjeuner familial, il hésite, mais lit dans les yeux de Sophie une insistance qui le convainc d'accepter.
Paul aurait peut-être dû le prendre à part, lui parler, s'excuser mais il décide que cela regarde aussi Sophie. Et que même si sa fille a eu un traitement de faveur, elle n'a pas été épargnée non plus.

« Mes enfants, Laure, en entrant dans nos vies les a bouleversées. Elle nous a poussés à une introspection de nos vies, à réfléchir sur nos valeurs, le sens de nos existences. C'est valable pour vous, pour vos amies et bien sûr pour moi.

Nous ne sortons pas indemnes de cette tranche de vie, qui n'a pourtant duré que quelques mois à peine.

214

J'ai pris conscience du gâchis que j'ai créé dans les familles que j'ai tenté de composer.

— Ton histoire n'était pas simple Papa » coupe Sophie.

— Je n'ai pas d'excuses chérie. Certes mon histoire est lourde. Mais j'aurais pu choisir justement de composer ce que le destin avait détruit : une famille. Au lieu de cela, j'ai passé ma vie à créer des embryons et à les lâcher dans la nature. Des embryons de famille, des embryons de liens paternels, des embryons de relations amoureuses. Toute ma vie j'ai fui en me consacrant à ma carrière professionnelle. C'est tellement plus simple de gérer les conflits du monde que ceux qui découlent de votre histoire.

Je m'y suis donné à fond pour échapper certainement à mes démons.

J'ai brisé les femmes avec qui j'ai traversé la vie. Je me suis enfui de toi, mon fils, que j'aimais pourtant envers et contre tout, et je n'ai été guère mieux avec toi, ma chérie, dont je suis pourtant si fier.

Je ne sais même pas comment je vous ai permis de vous construire, et d'être ce que vous avez réussi à devenir. Vous êtes des exemples d'accomplissement professionnel et d'équilibre de vie. Vous vous êtes battus contre mes propres démons et vous les avez vaincus. Sophie a bâti son clan familial et toi, Alexandre, tu es en train de construire le tien.

Toutes ces dernières semaines, je n'ai cessé de pleurer. Sur moi. Comme je ne l'ai jamais fait paradoxalement. Paul Bloch n'est pas homme à pleurer. Jusqu'à ce que le château de sable de mes illusions s'écroule. Jusqu'à ce qu'une abeille bleue vienne piquer les plus profondes blessures de mon enfance. Jusqu'à faire émerger les larmes retenues depuis des décennies. Parce que Paul Bloch n'était pas homme à pleurer.

Depuis des semaines, j'exprime cinquante années de pleurs refoulés. Une libération ! Une victoire sur moi-même. Et la possibilité enfin de me remettre en cause, de réfléchir à mes échecs et de réparer ce qui peut l'être encore.

Mes enfants, je ne vous demande pas pardon. Le mal est fait, et je ne mérite pas votre clémence. De toute façon rien ne s'efface. Je souhaite juste établir aujourd'hui de nouvelles relations avec vous, si vous le permettez. Je souhaite juste prendre une petite place dans votre vie, sans déborder, ni vous incommoder. Je voudrais être le papa que je n'ai jamais été même quelques heures par mois.

Je comprendrais que vous le refusiez. Enfin toi surtout, mon fils, avec qui je me suis comporté comme le dernier des égoïstes... »

Dans un même élan, sans mots dits, Alexandre et Sophie posent leurs mains sur celles de Paul. L'accord tacite entre les trois parties.

Alexandre l'a fait de bon cœur.

Comme l'a mentionné Paul, il n'oublie rien, et toute cette enfance gâchée ne s'effacera effectivement jamais. Mais il est prêt aujourd'hui à construire une relation nouvelle, à remettre les compteurs à zéro. Non pas pour Paul. Pour lui. Pour construire une histoire, puiser dans des racines qui l'ont fait indubitablement, et pour demain donner un cadre à sa propre famille... Et puis en hommage à Laure.

Alexandre est conscient que sans Laure, sans l'émergence de cette histoire familiale dense et exceptionnelle, il n'aurait pu avoir ce geste de paix envers Paul.

Lui aussi a changé. Et Patricia est revenue.

Laure lui a certainement d'une certaine façon, rendu la femme de sa vie, changée.

Laure l'a ramené lui aussi à d'autres valeurs. À cette nécessité de freiner sa course quotidienne. À prendre le temps d'aimer. De vivre. De regarder le monde différemment. Et d'en profiter.

Chacun a évolué. En bien. Chacun est devenu plus humain.

Le déjeuner commence sur la pointe des pieds. Comme un long chuchotement. Chacun doit apprendre à porter son nouveau costume, parfois mal taillé. Celui de père à temps plein pour Paul, celui d'enfant légitime pour Alexandre, celui de sœur pour Sophie qui connait si peu ce frère dont elle a tant rêvé, enfant.

Elle aurait tant aimé qu'il la protège dans la cour de récréation, qu'il sèche ses larmes et lui apprenne à jouer au foot.

C'est un peu tard pour cela, mais encore très tôt pour l'aider à supporter les affres de la vie, pour partager ses joies et les fêtes des enfants, pour être un tonton pour ses fils et un copain pour son mari.

Sophie n'écoute déjà plus la conversation. Elle a rejoint un petit nuage délicat au-dessus de leurs trois têtes et s'y est réfugiée. Elle peut, de là, contempler la scène avec délectation et laisser vaquer son esprit sereinement… Elle en descendra tout à l'heure, quand elle aura complètement rechargé ses batteries …familiales.

Nicole est restée avec Lou. La jeune femme lui a proposé de commencer à plonger dans ses souvenirs, à lui raconter son enfance auprès de Laure et ses souvenirs familiaux lointains entre les murs de la maison de Montrouge.

« Si je dois écrire ce recueil, il va falloir que toi et Paul passiez du temps à me raconter les scènes de vie, les émotions, les petits et grands moments » a expliqué Lou. « Déjeunons ensemble si tu le veux bien et commençons à poser les jalons de cette épopée familiale, qui fera certainement un grand film ! »

Finalement, personne n'est parti se reposer, comme il en a été convenu un peu plus tôt. Trop d'électricité dans l'air …
Seule Mary a demandé qu'on l'excuse. Elle profitera de cette pause pour lire les nombreux emails et traiter rapidement quelques demandes.

Elle a aussi besoin d'air.
Sa mère était son seul lien avec la famille. Elle la voyait une fois par semaine. Et c'était tout. La famille de son père ne l'avait jamais passionnée et elle ne les croisait qu'aux mariages ou enterrements. Sa mère était officiellement seule. À part une demi-sœur lointaine en France.

Tout à coup, elle récupère des cousins, des tantes, des oncles, des amies de sa mère… Une marée humaine qui l'a très vite submergée. Ce n'est ni ce à quoi elle est habituée, ni ce à quoi elle prétend !

Dans tous les cas, il faut lui donner du temps. Et le choix de poursuivre ou non ces relations, non par obligation familiale mais par envie. Elle fait partie, Mary, de ces gens qui ne s'encombrent pas. Elle veut bien tenter de nouer contact avec des personnes qui s'imposent à elle, par la force des choses, mais elle veut pouvoir le décider. Pas d'obligation. Pas de pression. Elle en subit assez dans le secteur professionnel qu'elle s'est choisie. Un trait de caractère en commun avec Paul, se dit-elle. La vraie question se posera un jour de comprendre justement pourquoi ses failles sont si proches de celles de Paul.

Alors Nicole commence à raconter son enfance auprès de Laure. Elle lui avoue le rejet qu'elle a toujours fait de cette grande sœur. On lui a expliqué tôt que Papa et Maman ne sont pas les vrais parents de Laure et que les parents de Laure ont disparu pendant la guerre.

On lui évoque également cette guerre meurtrière et ses atrocités. En quelques mots, pour ne pas la choquer. L'antisémitisme, le sort des juifs en Europe, la Résistance, les meurtres de ceux qui refusaient l'inacceptable.

Nicole confesse aussi qu'elle n'a pas compris à l'époque pourquoi ses parents ont pris une petite fille avant elle, et pourquoi on ne l'a tout simplement pas attendue.

Enfant, elle n'a pas accepté, d'avoir dû laisser cette place de première à une inconnue. Après tout, Laure n'était pas la chair de la chair de ses parents. Elle, si !

Laure. Une fille plus belle, plus intelligente et plus sympathique qu'elle. Une fille que tout le monde aime bien. Nicole se souvient de son comportement injuste et désagréable avec Laure. Elle ne voulait ni de son amour, ni de ses cadeaux, ni de cette forme de compassion que Laure affichait avec elle.

Alors elle commença à en vouloir à ses parents et à se montrer distante. Pourtant les Laugier continuèrent de l'aimer du même amour. Et finalement, elle a souffert toute sa vie de devoir rejeter tout cet amour.

Nicole est devenue une enfant asociale avec tout le monde. Mal dans sa peau. Mal dans ce monde. Elle n'a cessé de se demander pourquoi elle était née. Personne n'avait besoin d'elle. Elle était venue par hasard, quand personne ne l'attendait. Ils auraient dû l'éliminer à la naissance, elle n'aurait manqué à personne. Ou alors, ils auraient dû l'abandonner devant une église. Elle aurait été adoptée par une famille sans enfant, qui se serait réjouie de ce don de Dieu.

C'était pour elle, à cette époque et de toute évidence, le meilleur des scénarii.

Toute son enfance n'a donc été qu'une bagarre. Avec ceux qu'elle aimait autant qu'avec elle-même. Elle ne garde ni de bons souvenirs de balades en forêt, ni de fêtes d'anniversaires réussies, ni de discussions avec sa mère sur le bord du lit. Elle ne garde dans son esprit qu'une longue enfance morose faite de rancunes.

Longtemps Nicole a interrogée Laure sur sa naissance. Non pas que ça l'intéressait, mais pour lui rappeler qu'elle n'était pas l'enfant légitime des Laugier. Elle lui demandait alors qui étaient ses parents, où elle habitait « avant », si elle portait de belles robes, si elle avait d'autres frères et sœurs et si ses parents parlaient français.

Et Laure répondait. Avec le peu d'éléments dont elle disposait. Et Laure parlait de Paul qu'elle allait bientôt retrouver. Tu verras, il te défendra comme il m'a toujours défendue, lui disait Laure.

Et Nicole rêvait parfois qu'une lettre arrive directement à Laure, sans passer par les mains de sa mère. Que le facteur trouve sa sœur, assise devant la maison, et lui remette le courrier du jour, pour ses parents. Qu'au milieu, il y ait une petite enveloppe crème avec une écriture peu assurée. Que Paul lui écrive qu'elle vienne vivre avec lui, dans sa famille. Qu'elle parte. Qu'elle parte pour toujours...

Réunies quelques jours à New York, Claire, Lina, Patricia et Géraldine se racontent peu. Et pourtant chacune a bien envie de partager avec les autres les émotions de ces dernières semaines. Mais Claire a peur d'afficher devant Lina son nouveau bonheur, Lina de passer pour la victime du moment et Géraldine ne sait pas vraiment comment aborder ses problèmes de cohésion familiale. Quant à Patricia, finalement son bonheur retrouvé ne regarde qu'elle.

Car si chacune pense que Géraldine vit un bonheur mérité, les tensions au sein de cette famille recomposée, deviennent un vrai enjeu pour le couple. Géraldine ne supporte pas le manque de respect des enfants d'Éric et la mollesse de celui-ci à les remettre en place. Géraldine s'arrache les cheveux avec sa fille, en pleine crise d'adolescence, et refuse d'écouter les remontrances d'Éric qui n'abonde pas dans son sens. Les enfants des deux camps ne s'entendent pas, sauf quand il faut montrer front commun en opposition au couple.

Le couple a décidé que la semaine alternée de l'un ne coïnciderait pas avec celle de l'autre. Cela permet au moins de ne pas gérer 3 enfants en même temps à la maison, dont le sport national est devenu le combat de coqs. Et pourtant, au bout de quelques semaines, Géraldine et Éric s'aperçoivent qu'ils n'ont jamais un moment de répit. Après moult bagarres avec les ex-conjoints, ils réussissent à mettre en place un planning où ils se laissent une semaine sur deux de liberté pour se retrouver et se préparer à affronter la semaine à venir.

« Ils commencent à grandir…Encore cinq ou six ans de calvaire et ils partiront » s'amuse Lina.

« Et toi Claire ? Tu en es où ?

— Je crois qu'on va se marier. Mais d'abord Fred doit retrouver la forme, on va certainement descendre dans le Sud se reposer chez mon père.

— Mais c'est formidable ! Patricia l'embrasse tendrement… Mais vous allez vivre comment Claire ? Tes massages ne vont peut-être pas suffire à payer vos factures ? Et Fred ? Quand va-t-il pouvoir reprendre le travail ?

— Qu'est-ce que cela peut faire ? Vous êtes mes amies mais vous agissez comme si vous ne me connaissiez pas. Vous assistez à ma souffrance morale et à mon manque d'amour depuis tant d'années... Et vous ne me parlez aujourd'hui que de problèmes bassement matériels. Qu'est-ce que cela peut me faire de devoir manger du pain et des olives noires quatre jours sur sept ? Qu'est-ce que cela peut me faire de porter les vêtements que j'ai dans mes armoires depuis des mois ? Quel est le drame de ne pas partir en vacances à l'autre bout du monde et de ne pas diner au restaurant chaque semaine ? J'ai tellement cherché l'amour ! J'ai tellement prié pour avoir moi aussi le droit au bonheur. Je me suis tellement désespérée, au point de me faire à la raison, que je risquais de finir seule. J'ai vécu mes dernières années comme une ombre désemparée, à la recherche d'un bonheur que je pensais ne pas m'être dû. J'ai pensé payer pour des vies antérieures et cherché les fantômes qui m'habitaient. Et aujourd'hui que j'y accède, la seule question qui vous obsède, est de savoir comment je paierai mes notes en fin de mois... »

— Claire » coupe Patricia. « C'est justement parce qu'on te connait si bien, qu'on se permet de douter. Es-tu sûre que Fred soit l'homme qu'il te faut ? Tu es tellement en attente, et dans un manque affectif terrible, que tu es prête à dévorer ta proie – même avariée - de peur de rester sur ta faim. »

Claire bondit de sa chaise, prend son sac et traverse la salle de restaurant. Elle est partie. Sans mot dire. Et en laissant ses amies sans voix. Elles n'ont pas cherché à la retenir. Il faut laisser le soufflé retomber pour mieux aborder avec sérénité cette discussion.

Claire marche dans les rues délavées par la pluie du matin et pleure. De colère surtout. Fatiguée qu'on la juge sans cesse. Usée de n'avoir pas le droit de faire les bonnes rencontres, de prendre les bonnes décisions, de pencher pour les bons choix. Comme si finalement toutes les options qu'elle prend dans sa vie, ne peuvent que déboucher sur des échecs. Comme s'il est écrit qu'elle est le canard boiteux de la bande à vie et que rien de bien ne peut jamais lui arriver. Fatiguée aussi de devoir justifier ses choix, ou ses comportements, comme une petite fille qui n'aurait toujours pas atteint le seuil de maturité nécessaire pour prendre sa vie en main. Claire étouffe dans son monde. Fred lui a ouvert une fenêtre sur un autre univers. Elle s'y est engouffrée. Et ne compte pas faire machine arrière.

« Comment vas-tu mon amour ?

— Pas bien sans toi ma sauterelle, mais je survis » répond Fred de l'autre côté de l'Atlantique. « Émilie passe le matin, Claude l'après-midi, Pierre vient des fois finir ses soirées à la maison et s'endort sur le canapé. Parfois, c'est Marielle et Lulu qui viennent boire un café et refaire le monde avec moi. Richard m'a emmené à l'hôpital l'autre jour, pour ma rééducation. Heureusement qu'il était là car je me sentais assez faible et je ne suis pas sûr que j'aurais été capable de prendre le taxi seul.

— Ah bon ? En as-tu parlé aux médecins ?

— Oui, mais tout va bien. Enfin c'est ce qu'ils m'ont dit. Ah ! Ton père a appelé lundi. Charmant. On a fait connaissance. A priori, on va descendre dans trois semaines.

— Je vais essayer de rentrer plus tôt.

— Mais non, ça va, ne t'inquiètes pas …Profites un peu de tes amies.

— J'ai fait mes choix Fred. Tu es ce qui m'importe le plus aujourd'hui… Je vais rentrer dès que je peux trouver un autre vol. »

Claire a appelé sa mère. « Ma relation passionnante prend un tour nouveau » lui a-t-elle annoncé. « Nous sommes sortis ensemble. Nous avons diné. Nous nous sommes embrassés. Même un peu plus » a-t-elle ricané au téléphone. « Je te le présenterai », a-t-elle ajouté, « mais là il est en voyage ». Claire lui a répondu qu'elle va bien aussi merci, et qu'elle aussi nage en plein bonheur – merci-de – le –demander…

Comme prévu, tout le monde se retrouve vers trois heures et on décide de se balader au Metropolitan Museum, d'y voir quelques salles et de se poser sous la verrière avec un chocolat chaud.

Lou fait la visite guidée, en choisissant quatre départements qui conviennent à tous. Mais déjà, chacune est dans l'avion du retour, et ne prête vraiment attention aux autres.

Lina a rendez-vous avec Alain en début de soirée, et appréhende cette rencontre.

Patricia et Alexandre ont décidé de programmer leur mariage pour la fin d'année et devaient l'annoncer durant ces quelques jours passés tous ensemble. Et puis ils ont changé d'avis. Ils ne l'ont pas fait. « Pas le moment, pas le bon Karma » a justifié Patricia.

Paul et Nicole veulent rentrer. Il faut commencer les recherches. Cette quête commence à les obséder. Ils se sentent redevables. Après tout, Laure a déployé des efforts surhumains pour retrouver Paul et pour reconquérir Nicole. Et elle a réussi. À eux maintenant de payer leur dette à la chère disparue. Cette mission est la leur.

Claire a rejoint tout le monde avec retard. Elle a erré plusieurs heures dans Manhattan, éblouie par le ciel criblé de buildings, et par tous ces humains qui déambulent à toute vitesse dans les rues bruyantes de la Grosse Pomme. « Une pomme pleine de vers » a pensé Claire. Elle rejoint ses amies sans agressivité, et cela rassure tout le monde. Personne n'a le cœur à affronter Claire et Claire n'a pas la rancœur tenace. Elle s'exprime et passe à autre chose. Facilement.

Lina retrouve Alain vers sept heures. Il n'a clairement pas prévu de dîner avec elle, puisqu'il lui a donné rendez-vous au bar du Barclay Intercontinental.

Ils parlent des enfants et du planning des vacances d'été. Il lui dit qu'il a pris un petit appartement près de la maison de Miami, pour venir plus régulièrement voir les enfants. Il fait un point juridique avec elle, pour savoir si son avocat a bien reçu toutes les informations du sien, et si tout lui semble en ordre.

« Pourquoi suis-je là ? » demande Lina.

— Comment ça pourquoi es-tu là ?

— Tu aurais pu me dire tout cela par téléphone... Pourquoi m'as-tu fait venir ?

— Je trouvais inélégant de te dire par téléphone...que j'allais me remarier.

— ... »

Lina est dévastée. Elle n'en montre rien. Elle le félicite et lui dit qu'il mérite de trouver le bonheur. Pour la première fois, elle se trouve dans la situation dans laquelle elle a un jour plongé ses ex-maris. Et c'est terrifiant. Elle vit tout cela comme une trahison. Comment peut-elle avoir été remplacée si vite, si facilement ? C'est toute l'importance qu'il accorde à toutes ces années d'amour ensemble ? Ce soir-là, elle comprend enfin ce qu'ont vécu les maris largués à la va-vite, sans ménagement réel et sans se soucier de ce qu'ils allaient advenir d'eux, une fois la porte passée.

Elle allait devoir tourner la page.

En quittant le bar feutré du Barclay, Alain rejoint Mary. Ce soir, il va lui demander de l'épouser...

Géraldine, Claire, Sophie et Nicole attendent à l'aéroport JFK leur vol pour Roissy. Comme à son habitude, l'aéroport est surchargé et charrie ses marées humaines vers des destinations lointaines. Les files d'attentes sont sans fin.

Paul ne les accompagne pas. Il veut profiter un peu d'Alexandre, qui a accepté de passer du temps avec son père. Ils ont programmé de partir ce week-end se détendre à la mer. Ils emmèneront Patricia dans leurs bagages. Une façon pour Paul de mieux faire connaissance avec sa future belle-fille, et de ne pas rater le coche cette fois-ci.

Nicole a bien conscience d'être le maillon essentiel de départ de la mission qui leur a été confié par Laure. Elle n'a de cesse de penser à cette grande boite en carton, entreposée dans le fond d'une armoire dans la petite chambre mauve. Elle visualise cette boite à secrets depuis cette discussion, chez l'avocat, après la lecture de la lettre. Une boite à peine entrouverte les jours de grands rangements. Refermée sitôt le coup d'œil jeté. Il est des boites qui ne sont pas faites pour être déterrées et avec elles tant de vieux souvenirs parfois douloureux.

Retour à la maison

Le vol New York-Paris leur parait bien plus long qu'à l'accoutumée. Une éternité.

Il faut reprendre le cours de la vie. Réapprendre à gérer le quotidien. Et vivre avec le souvenir de ces quelques semaines écoulées et de leurs conséquences.

Le taxi dépose Nicole devant l'immeuble de Montrouge. Elle hésite à faire tourner la clef dans la serrure. Elle connait les répercussions de ce simple geste. La porte ouverte à la mémoire, aux souvenirs, au temps où elle n'était qu'une enfant malheureuse. Nicole reste un long moment debout, face à sa serrure. Elle revit ses moments d'enfance qui très vite s'évanouissent pour laisser place à ces dernières semaines avec Laure à ses côtés. La magie de Laure a presque effacé le reste. Le douloureux. Le passé peu reluisant d'une petite fille triste. Laure et Nicole sont nées sœurs il y a quelques mois seulement. Cet enfantement demeurera le plus beau souvenir de cette maison désormais.

Le quotidien est complètement perturbé chez Lou. D'un tacite accord, on ne parle plus de rien, mais chacun vit mal les silences des autres. Rob n'est pas revenu sur un éventuel déménagement et Lou n'a pas relancé la discussion. Bethsabée, de son côté, passe beaucoup de temps au téléphone avec Clarissa et avec ses grands-parents. Mais elle n'en dit mot à Lou. Chacun semble vivre sa vie sans l'autre, et la belle cohésion familiale habituelle semble d'un autre temps.

Lou n'a pas abandonné l'idée de suivre sa fille. Mais à ce jour, elle ne voit absolument pas comment y arriver sans faire éclater sa cellule.

Rob ne veut pas partir. Prune non plus. Deux camps se dessinent très clairement au sein de la tribu.

La boite en carton est toujours là. Un peu jaunie, elle semble ne pas avoir été déplacée depuis la nuit des temps.

Nicole s'assoit à même le sol, sur l'épaisse moquette parme, comme elle l'aurait fait enfant. Elle ouvre précieusement la boite et sort les documents un à un, en les éparpillant.

Elle s'attarde sur chacun d'entre eux et voyage dans son passé avec nostalgie. Hélène avec ses chapeaux posés délicatement sur le dessus de la tête et son chignon parfaitement épinglé. Hélène et ses tailleurs ajustés à larges basques et jolis boutons dorés. À ses côtés René, si élégant dans son complet croisé, chapeauté de son feutre gris. Et puis entre eux, une si jolie petite fille aux nattes brunes et à la robe rose pourpre élégante. Laure.

Nicole pleure. Seule, doucement et longtemps. Elle n'en veut plus à Laure. Non ce n'est pas ça… Ce sont toutes ces souffrances qui remontent brutalement à la vue de ces vieilles photos jaunies.

Est-elle capable d'aller plus loin ? De vider cette boite et d'y trier toutes ses tranches de vie. Sa vie.

Elle l'a promis à Laure quand l'avocat a donné lecture du courrier. Elle a assuré famille et amis qu'elle s'y attèlerait quand ils l'ont désignée pour débuter les recherches.

« Sophie ?

— Nicole ?

— Sophie, je n'y arriverai pas seule…Je ne peux pas Sophie. C'est trop douloureux. Cette boite avec tous ces souvenirs, ces photos, ces courriers…

— Tu aurais dû m'attendre Nicole. Je t'avais promis de te seconder.

— Je sais, mais quand l'avocat nous a lu la requête de Laure, j'ai levé les yeux au ciel et promis à Laure d'y mettre tout mon cœur.

— Nicole, ferme cette boite pour ce soir. Je serai chez toi demain à neuf heures. »

Claire a retrouvé Fred et Fred a retrouvé sa sauterelle. Il se sent mieux, ainsi entouré et protégé de sa présence.

Il en a parlé à son père d'ailleurs. De ses projets avec elle aussi.

« Es-tu sûr d'en être amoureux mon fils ou t'offres-tu une infirmière à domicile ? » lui a-t-il demandé après l'avoir longuement écouté.

Et cela a immédiatement interpellé Fred, trop cérébral pour laisser s'échapper une remarque de la sorte. Et il y a donc réfléchi pendant toute son absence. Comment définir la frontière entre celle qui vous manque par amour, et celle qui vous manque par confort. Il semble s'être installé dans une routine de vieux couple en quelques semaines avec sa sauterelle. Une routine de vie si réconfortante, si douillette qu'il se demande s'il s'est finalement posé les bonnes questions comme l'a soulevé son père.

À la différence de toutes les autres, Claire est prévenante, amoureuse, pleine de bons sentiments. Il a l'impression que plus rien ne peut lui arriver désormais. Claire est devenue son ange gardien. D'ailleurs, c'est cette bonne âme qui l'a conquis plus que son physique. Elle est bien mignonnette la sauterelle mais ses sentiments se sont développés sur la base d'autres critères et il en est conscient.

« N'écoutes pas papa » lui a dit sa sœur. « Depuis quand tombe-t-on simplement amoureux d'un physique ? Tu as passé l'âge des contes de fées Fred, et tu es plus à mettre dans la case crapaud que prince charmant depuis quelques années. Les humains s'aiment aussi pour ce qu'on appelle cette petite alchimie magique qui transforme deux individus en un couple. D'ailleurs, tu sais très bien que ce sont ces couples-là qui durent le plus longtemps. La grande blonde qui te fait fantasmer quittera ton lit et ta vie aussi vite qu'elle y est entrée !

Voyons Fred ! Pour une fois que tu vibres avec autre chose que tes hormones ! Tu n'as pas choisi ta proie, elle s'est imposée à toi. C'est merveilleux !

— Je ne sais pas Lise... Je me demande seulement si j'aime sincèrement cette fille. Je ne voudrais pas la décevoir, tu comprends ?

— Fred, tu n'es pas capable de discerner l'amour dans la palette de tes sentiments ? La différence entre bien aimer et aimer ? Alors réfléchis-y, mais vite... Et surtout ne te marie pas pour les mauvaises raisons, dont celle de ne pas vouloir s'opposer à son amour pour toi. »

Fred ne veut pas s'unir à Claire par abandon. De sa vie, de ses principes, de son long célibat, de son égocentrisme, de ses peurs. Pourtant, il est rentré sur la pointe des pieds dans cette histoire. Avec mesure. En craignant les habitudes, l'attachement, la fin de sa vie réglée à sa façon. Au final Claire n'a rien dérangé. Elle a inscrit ses pas dans les siens et lui offre un cocon douillet et réconfortant. Est-ce assez pour parler d'amour ?

Et la passion brûlante ? Et ce sentiment de fourmillement dans le bas du ventre ? Et cette excitation d'attendre l'autre, de le désirer plus que tout ?

« Et si tu avais passé l'âge » lui a dit Momo, son confident du petit café bien serré.

— Comment ça passé l'âge ?

— Moi je crois qu'il y a un âge pour tout ! Il y a l'âge de la déraison à l'adolescence où tu perds la tête devant une brune à la poitrine naissante. Il y a l'âge du butinage abusif vers vingt ans, quand tes hormones sont au maximum. Puis entre trente et quarante-cinq ans, tu deviens plus sélectif et tu n'estimes plus que la réussite de ta vie tient dans le nombre de filles ramenées chez toi chaque mois.

Et puis tu vieillis. Tu attires moins c'est sûr. Mais toi aussi tu changes. Tu ne veux plus qu'on t'embête, tu as tes habitudes, ton petit chez toi. Tes œufs, tu les aimes au plat, cuits parfaitement, quand le blanc prend sa couleur définitive tout autour du jaune. Ton lit, tu le fais en faisant bien déborder le drap au-dessus de la couette. Le courrier, tu le poses toujours à gauche sur le bar en rentrant. Alors quand tu arrives à cette période de ta vie, la dernière chose que tu veux, c'est qu'on détruise cet équilibre.

Fred, si tu as laissé rentrer cette petite dans ta vie, c'est qu'elle le mérite… Crois-moi ! »

« Il est bien plus efficace que mon psy, Momo » se dit Fred. « Ses analyses sont tellement pertinentes qu'il est malheureux de le voir perdre son énergie derrière son comptoir, à servir des mousses et des petits « noirs ». Encore une grande âme de gâchée. »

« Il a raison Momo » conclut Fred. « Cette petite sauterelle est entrée dans ma vie avec un naturel déconcertant. Ce n'est pas pour rien… Mais bon, il ne faudrait pas que ce soit pour sevrer mes angoisses » se dit-il soudain.

Sophie déboule à neuf heures trente à Montrouge, après avoir mis vingt minutes à franchir la Porte d'Orléans, lamentablement bouchée par des automobilistes pressés de rejoindre leurs bureaux.

Nicole lui apporte un café bien fort et a fait un quatre-quarts aux pommes caramélisées savoureux pour l'accompagner.

« Tu veux un peu de confiture ? C'est moi qui les ai faites. J'ai ramené des fruits de Normandie cet été, mûrs à point. Tu vas voir, mes confitures sont divines ! »

Sophie s'amuse de voir l'entrain de Nicole, boostée par ses talents culinaires et il n'est pas question de ne pas goûter à un peu de tout. Tout est naturellement divin.

Nicole se perd dans des discussions sans fin. La cueillette des pêches cet été dans le Sud, le temps qu'il faut pour que les pommes caramélisent en douceur, le secret de fabrication pour faire lever son quatre-quarts à merveille. Nicole rallonge le temps qui les sépare de la boite en carton.

« Nous y allons chère Nicole ? » Coupe Sophie.

Nicole part dans la chambre mauve chercher la grosse boite restée à terre depuis hier et la pose sur la table de la salle à manger, qui de toute façon ne sert que très rarement à sa tâche première.

Sophie commence à parcourir les documents sans émotions. Cet émoi qui a perdu Nicole hier et l'a stoppée net. Sophie avance là où Nicole s'engouffrait la veille.

Nicole laisse manœuvrer Sophie mais récupère de temps à autre quelques photos dans le tas où s'attarde sur des documents soigneusement pliés.

« Ah ! des papiers de la Croix-Rouge. Tu m'as bien dit que Laure a été récupérée par la Croix-Rouge ?

— Oui, et c'est là que Maman a pris Laure pour la ramener à la maison.

— Yes !!!! J'ai le papier qui concerne Laure. Laure est née Marchelli. Parents Rosa et Giovanni Marchelli. Elle est née le 12 septembre 1938 à Paris. C'est un bon début, non ? »

Nicole contemple le document. Toute la vie de Laure jusqu'à son arrivée chez les Laugier tient sur ce petit bout de papier. Et maintenant, pense-t-elle ?

Sitôt rentrée, Sophie rédige un email à Paul, qui ne rentrera qu'après demain de New York. Malgré le décalage horaire. Il lui répond à la minute. Quelque peu déçu des informations fournies par Sophie, il a espéré autre chose. Oui, il sait que ses parents étaient Italiens, son père en tout cas. Et oui ils ont dû être communistes. Comme beaucoup. Sophie doit maintenant découvrir le reste. Le chemin est encore long pour retracer le parcours de ces deux enfants.

Le reste. Paul a-t-il seulement envie de découvrir le reste. Il est dans le dernier tournant de son existence et s'est bien passé du reste jusqu'à présent. Laure a chamboulé sa vie avec raison. Mais le reste, que lui apporterait-il ? Il a presque envie d'écrire à Sophie qu'il ne se joindra finalement pas à ces recherches, parce qu'elles sont trop douloureuses, mais ne le fait pas. Il doit prendre la mesure des choses, pour décider d'y aller ou non. Et là, il n'en a pas envie. Il passe quelques jours charmants avec Alexandre et Patricia. Il leur laisse suffisamment d'espace pour se retrouver à deux. Il a le sentiment qu'Alexandre lui a enfin ouvert son cœur, à sa façon, avec dérision, exubérance et faux-fuyants. Mais la réalité est qu'Alexandre désire que ce nouveau père fasse partie de son présent et du futur de ses enfants à venir.

Sophie ferme la boite.

« Je dois filer au bureau Nicole. Ne touche plus à rien. Je reviendrai demain en fin d'après-midi, après mon dernier rendez-vous et nous reprendrons. Quand nous aurons assez d'informations, nous passerons alors à la seconde phase. »

Nicole acquiesce et s'apprête à passer la nuit avec ses fantômes. Tous ceux qui règnent dans cette maison depuis tant d'années, mais aussi les nouveaux, surgis ce matin d'une grosse boite en carton jauni.

Paul est rentré à Paris. Il a repris le programme de ses conférences et débats, tout en levant un peu le pied. Ces retrouvailles avec Laure d'abord, puis avec Alexandre l'ont rappelé à la vraie vie. À celle qui privilégie les humains. Si bien qu'il a décidé de ralentir sa course effrénée après le temps… Le temps qui passe si vite. Il a renforcé sa relation avec Sophie et en cela aussi, toute cette aventure a été bénéfique.

Et puis, il y a cette femme, qu'il a rencontrée lors d'un meeting. Fougueuse, belle à sa façon, militante, ils se sont séduits mutuellement. C'était un peu avant son départ pour New York. Il se sont revus et ont très vite engagé une relation amoureuse.

Son premier geste en arrivant à Roissy a été de l'appeler.

Patricia et Alexandre s'affairent. Ils ont confié la préparation de leur mariage à une wedding planner* mais se doivent d'enchaîner quand même les rencontres avec les différents prestataires en sa présence. Traiteur, salle de réception, décoration florale, photographe, orchestre... Autant de postes à régler des mois avant le jour J. Ils ont décidé de se marier à l'automne. La plus belle des saisons à Manhattan, estime Patricia, qui a choisi une robe ivoire magnifique, rehaussée d'un boléro de fourrure dans la même teinte. Sa lourde chevelure rousse et sa silhouette longiligne ont magnifié sa tenue lors de l'essayage, et la vendeuse s'affairant à la retoucher s'est extasiée avec raison. Patricia se sent magnifique, et magnifiquement heureuse. Et ce sentiment de bonheur absolu a été très longtemps absent de sa vie.

Alexandre a déniché un endroit magique, qui leur ressemble tant. Entre vieilles pierres et verdure, cette jolie salle accueillera la petite centaine d'invités prévus. La Fondery est une ancienne fonderie où la nature donne l'impression d'avoir repris ses droits, sur les bords de l'Hudson. Ils veulent un mariage intime qui ne réunira que les proches, ceux qu'ils aiment et qui les aiment en retour. Ils n'ont pas besoin de gonfler la liste des invités pour répondre aux attentes sociales de cette ville. Ils feront, après la

*Wedding Planner : organisatrice de mariages

cérémonie religieuse, un cocktail pour tous ces invités de second plan et tout le monde s'en contentera.

Alexandre a engagé un directeur commercial pour le seconder, essentiellement dans ses déplacements à l'international. Il a prévenu Patricia qu'il sera encore absent dans les prochains mois, pour accompagner sa nouvelle recrue dans ses voyages, mais très vite le laissera autonome pour passer le plus de temps possible à New York, avec elle.

Lou essaie de condenser ses premières conversations avec Nicole. Sous couvert d'écrire le recueil demandé par Paul, elle a, depuis quelques semaines déjà, commencé la rédaction d'un roman inspiré de toute cette saga. Elle n'a rien dit à personne. Par timidité et manque d'assurance. Et parce qu'il faudra aussi gérer la publication de ces vies bien réelles si son roman intéresse une maison d'édition. Même en changeant les noms, les dates et les détails reconnaissables, il lui faudra de toute façon soumettre à chacun son manuscrit.

Mais le plaisir de l'écriture qu'elle en retire est déjà une gratification. Son mari l'a encouragée et ses enfants aussi. Elle passe ainsi ses journées entre la gestion de la maison et son ordinateur. Elle s'offre des pauses déjeuner avec ses copines et des pauses goûter avec les enfants. Elle a trouvé un équilibre, qui lui convient parfaitement. Il lui faut maintenant arriver au bout de son projet, et elle sait qu'il s'agit alors d'un autre challenge….

Lina entre dans une phase de réflexion. Après sa séparation, elle a connu des soirées et des nuits de l'extrême. Elle est sortie tous les soirs, a collectionné les diners comme les rencontres, les hommes d'un soir comme les escapades d'un week-end. Elle s'est fait gâter, elle s'est fait inviter, elle s'est fait désirer. Et puis, elle a cessé tout du jour où Alain lui a annoncé qu'il allait refaire sa vie. Elle passe désormais du temps avec les enfants et ses amies. Elle reçoit chez elle, en petit comité et en toute simplicité. Elle relègue les Louboutin au fond du placard et rechausse ses Converse. Elle annule son abonnement hebdomadaire au centre de soins et s'achète une sélection de crèmes qu'elle pose fièrement sur le rebord de son évier.

Elle vend son Coupé Mercedes et s'achète une Jeep qu'elle fait peindre en rose clair. Elle s'abonne à la saison d'Opéra et s'inscrit aux cours de photos du MOCA*.

Elle se sent neuve. Fraîche. Prête à vivre un nouveau cycle de sa vie.

Sophie arrive comme promis en fin d'après-midi. Une charlotte au chocolat maison et un thé au jasmin l'attendent. Après les compliments de Sophie sur ses confitures, Nicole s'est enhardie et lancée dans la préparation de nouvelles douceurs pour la petite Sophie.

Repues après tant de douceurs, elles reprennent leurs investigations dans la grande boite. Sophie y trouve une enveloppe avec quelques photos et les passeports italiens de Rosa et Giovanni. Sur cette enveloppe, à l'écriture fine, on peut lire :

MOCA : Musée d'Art Contemporain

« À remettre aux enfants pour qu'ils se souviennent. Que Dieu pardonne la folie des hommes. Luce Garraud. 5 rue des Grand-Champs. 75020 Paris »

Voilà encore un nouveau mystère, se dit Sophie. Qui est Luce Garraud. Et comment a-t-elle eu ces papiers et photos de la famille Marchelli ?

« Tu connais ces documents Nicole ? Et cette Luce Garraud ?

— Montres-moi. » Elle s'attarde longuement sur les pièces exceptionnelles que Sophie a extirpées du fond de la boite.

Mais elle n'a pas la moindre réponse à ses questions.

Sophie a fini de vider la boite. Elle n'a pas prêté attention à toutes les photos et papiers de l'enfance de Laure à Montrouge. Ceux-là, elle les laisse à Nicole, sûre qu'elle en fera usage dans les prochaines semaines… Et pour longtemps

« Je rentre Nicole. Je garde les papiers de la Croix-Rouge et cette précieuse enveloppe. Je vois Papa demain. Je vais discuter de tout cela avec lui. »

Sophie ne rentre finalement pas. Arrivée à la Porte d'Orléans, elle prend le périphérique Est, en direction de la Porte de Vincennes. Et du cinq rue des Grands-Champs.

L'immeuble est un joli petit bâtiment blanc élégant du début du vingtième siècle, aux balcons de fer forgé et aux chambres pentues sous le toit d'ardoises. Il est accueillant.

Devant les quinze interphones Sophie scrute les noms, à la recherche des réponses aux questions de l'enveloppe de la grande boite en carton. Elle s'attarde sur les prénoms à priori anciens. Elle sonne chez Germaine Duchemin, qui ne répond pas. Puis chez Louis Leprieur, qui décroche sèchement.

« Bonsoir monsieur, désolée de vous déranger. Je m'appelle Sophie Garraud et ma grand-mère, Luce Garraud, a vécu là pendant la guerre. J'aurais aimé savoir si quelqu'un l'a connue à cette époque ?

— Connais pas » répondit-il simplement en raccrochant le combiné.

Sophie ne désespère pas et continue d'appuyer sur chaque interphone en rabâchant son même laïus.

« Madame Garraud ? Ah oui ! C'est l'ancienne propriétaire... Mais quel âge doit-elle avoir ? Je ne suis pas sûre qu'elle soit encore de ce monde. Elle doit avoir pas loin de quatre-vingt-dix ans aujourd'hui. Montez !

Sophie monte quatre à quatre chez un couple de quadras qui ont parfaitement agencé ce joli appartement blanc dans cette petite copropriété du siècle passé. Sophie s'imagine l'appartement de Montrouge entre leurs mains et se dit qu'il serait ravissant. La femme lui explique qu'ils ont acheté cet appartement à Madame Garraud après la mort de son époux. Elle est alors partie à Perros-Guirec, chez ses enfants, finir son existence. La femme se rend dans sa chambre, et en revient avec une adresse griffonnée sur un morceau de papier.

Elle m'a laissé son adresse au cas où nous aurions besoin d'elle. Je l'ai classée dans la chemise d'achat de l'appartement. Tenez. Essayez. On ne sait jamais. Cette femme a l'air de faire partie de ces petits vieux indestructibles, s'amuse-t-elle.

Sophie remercie et s'excuse du dérangement. Elle plie soigneusement le papier et le range dans son portefeuille.

Elle ferme la porte d'entrée en inspirant lentement et longuement l'air extérieur.

Elle s'étonne du courage et de la folie qui l'ont entrainée là ce soir. Elle est très fière d'elle.

En rentrant dans sa voiture, elle ne démarre pas tout de suite. Elle écrit un long email à l'ensemble des personnes concernées, pour leur raconter ses recherches et les résultats à ce soir. Une fois l'email envoyé, elle se dirige vers les extérieurs pour reprendre le périphérique dans le sens inverse.

En arrivant au pied de son immeuble, elle retrouve ses esprits et endosse de nouveau le rôle de Sophie, femme du délicieux Éric et de deux charmants bambins.

Alain a réservé une table chez Daniel. La haute gastronomie française sied si bien à ce jour mémorable. Mary arrive comme une tornade, et jette son beau manteau Camel au vestiaire, à l'entrée.

« Désolée, je te jure que j'essaie de lever le pied, mais ce dossier est franchement plus dense que ce que nous pensions.

— Ne t'inquiètes pas chérie, je me suis permis de prendre un verre de champagne rosé en t'attendant. »

Alain remplit la coupe de Mary et se demande par où commencer.

« J'ai vu Lina ce soir.

— Ah ? Un problème ?

— Non. Je voulais faire un point sur les enfants, le divorce et lui annoncer qu'on avait acheté cet appartement que tu as tant aimé sur la plage de Bal Harbour.

— Elle ne l'a pas trop mal pris ? Ce n'est pas facile pour elle. Enfin, comme tu sais je ne me réjouis pas de t'avoir enlevé à ton épouse.

— Tu ne m'as enlevé à personne Mary. Tu n'as été que le catalyseur d'un divorce annoncé. Tu le sais très bien.

— Elle a bien accepté tout cela ?

— Tout cela oui… Le reste moins bien à mon avis, même si elle a eu l'élégance de ne pas le montrer.

— Quel reste ? »

Sûr de son effet, Alain sort de sa poche un écrin qu'il place devant Mary.

« Ce reste-là… Mary, veux-tu devenir ma femme ? »

Dans la nuit, Mary se lève et va à son bureau. Elle s'assoit devant son ordinateur encore allumé. Elle a besoin d'annoncer à quelqu'un

244

sa demande en mariage. Désormais orpheline, elle ne sait avec qui partager son bonheur. Elle écrit à ses amis. Mais ça ne lui suffit pas. Elle a besoin d'en parler à Laure. Alors elle envoie un message à Alexandre, Sophie et Paul bien sûr.

Il est huit heures du matin à Paris et Paul lui répond dans les minutes qui suivent.

« Appelle-moi quand tu le peux. Félicitations ! »

Au petit matin Mary repense à l'email de Paul. Certes son oncle n'est pas un grand démonstratif, mais le ton de cet email était étrangement sec et bref.

Elle enfile un peignoir et revient devant l'écran. Elle lit l'email une nouvelle fois et s'aperçoit que le « Félicitations » clôture le message au lieu de le commencer. « Ce n'est pas logique » se dit-elle. L'appel est finalement plus important que la bonne nouvelle. « Il faut que j'appelle Paul ! »

La valise est sur le seuil de la porte et le taxi attend en bas. Claire et Fred referment la porte derrière eux. Dans quelques heures, ils seront en terrasse sous le soleil du Sud de la France. Aix nous voici !

Antoine, le père de Claire, gère toujours le haras qu'on lui a confié. Les propriétaires ont décidé de rester quelques mois de plus à l'étranger, pour finaliser des acquisitions. Ils auraient pu le faire à distance, mais d'un naturel peu confiant, Monsieur Bernard s'est dit qu'il ne partirait que quand tout serait conclu et signé.

Antoine a demandé à Paulette, qui tient la maison depuis deux décennies, de préparer une chambre pour ses invités. Il a prétendu que son gendre terminait une étude sur les comportements chevalins et qu'il lui a permis de venir avec sa fille quelques jours pour vivre plus près des bêtes. Et Paulette a trouvé ça charmant. « Mais ne disons rien à Monsieur Bernard » a dit Paulette. « Y'a rien de mal, mais vous le connaissez, toujours méfiant ! »

Très vite les deux tourtereaux prennent leurs marques. Et Fred passe plusieurs heures par jour avec les chevaux. Non pas pour rentrer dans le jeu d'Antoine, mais parce qu'il en est réellement fou. Alors le matin, tous les trois vérifient l'état de santé de chaque cheval, et aident aux soins. Chaque midi, Paulette leur prépare une salade fraiche et un poisson grillé qu'ils mangent sous la tonnelle, arrosés d'un Tavel frais. Chaque début d'après-midi, tout le monde s'écroule sur une chaise longue, à l'ombre des pins.

Paulette – qui parle toujours aisément - raconte en ville que la « petite » a des doigts de fées et très vite, les clientes se pressent pour tester la petite masseuse venue de la capitale. Alors Claire a installé une table face aux champs de lavande, et les femmes élégantes d'Aix passent une à une entre ses mains expertes.

De son côté Fred a discuté avec l'adjoint culturel du maire, et ensemble, ils prévoient de mettre en place un petit cours de théâtre pour les enfants des écoles élémentaires de la ville.

Tout se dessine doucement, au gré des déjeuners à l'ombre, des cafés à la terrasse des Deux Garçons et des discussions qui s'éternisent au marché du Cours Mirabeau.

À tel point que quand Monsieur Bernard s'en revient de ses contrées lointaines, il est urgent de trouver une solution pour rester. Antoine, de son côté, répond à une annonce pour un volontariat au Mexique, est recruté et embrasse tendrement sa fille chérie et son futur gendre avant de partir vers de nouvelles aventures.

Les relations sont au beau fixe entre le petit couple et Monsieur l'adjoint au Maire. Discussions littéraires à l'heure de l'apéritif, grillades dans le fond du jardin… En quelques jours un charmant petit deux-pièces en ville se libère pour accueillir les amoureux.

Claire a investi dans une nouvelle table pliante de massages et part chaque jour au domicile de ses clientes, à leur convenance.

Et puis un matin, Fred se sent mal. Claire tente de le secourir, mais le mal est intérieur. Il étouffe. Toute cette petite vie tranquille l'oppresse. Ce qui aurait rendu heureux n'importe qui, tourne au cauchemar pour lui. Il demande à Claire de le laisser seul à la maison. Elle insiste pour rester à ses côtés. Il lève le ton. En sanglots, elle jette ses affaires dans sa valise et quitte Aix par le premier train. Il ne la rattrape pas.

« Paul ? C'est Mary !

— Mary, merci de me rappeler.

— Paul, il semble que tu aies quelque chose d'urgent à me dire.

— Mary, tu vas croire que je te taquine… Mais j'ai une lettre pour toi.

— Une lettre ?

— Oui … Comment dire. Laure en était devenue spécialiste apparemment. Elle s'est amusée à nous réserver des surprises en quittant ce monde. Pour qu'on ne l'oublie pas si facilement peut-être… Bref, j'ai une lettre, cachetée, que je devais te remettre à l'annonce de tes fiançailles. On y est donc Mary. Veux-tu que je la poste ?

— Non.

— Non ?

— Non Paul, ouvre-la et lis-la s'il te plait. Mais laisse-moi réveiller Alain auparavant. Je ne sais pas pourquoi, mais je pense qu'il ne sera pas de trop. »

Mary se met effectivement à secouer Alain, qui ne comprend pas bien tout de suite l'urgence de sauter du lit si tôt. Surtout qu'il a adoré ce petit champagne rosé hier soir…

Il enfile un bas de pyjama et rejoint Mary au téléphone. Paul propose à chacun de se rappeler immédiatement sur Skype, pensant que ce serait mieux pour Mary de visualiser la lettre en l'écoutant.

« J'ouvre Mary ?

— Oui Paul, ouvre s'il te plait ! »

Et Paul prend connaissance de la teneur de la lettre en même temps que Mary. Et Paul découvre, ahuri, le contenu du courrier, avec en miroir Mary de l'autre côté du monde.

« Chère Mary, cher Paul

Paul une fois de plus je te mets à contribution.
J'ai passé soixante-dix ans de ma vie loin de toi, mais comme tu vois, depuis que nous nous sommes retrouvés, je ne cesse de t'embêter. Même de l'au-delà ! Comme quoi, j'ai des ressources inestimables.

Mary,

Ma chérie,

J'aurais pu te dire cela il y a longtemps, mais je ne l'ai pas fait. Les années ont passé et cela me paraissait après tout inutile. Et cela remettait en cause tellement de choses... L'équilibre familial était tel que je n'avais pas envie d'en modifier une seule note. J'avais trop peur des conséquences de cet aveu. Car il aurait fallu tout avouer à ton père aussi.

Puis le temps est passé, et ce fut trop tard. Le mensonge s'était installé. Tu m'en voudras sûrement. Et je le comprends. Mais je l'ai fait par amour. Avec tout mon amour. Seulement, à quelques semaines, peut-être jours de mon départ, j'estime ne pas avoir le droit d'emmener ce secret dans ma tombe. Peut-être parce que mes parents sont partis, eux, avec tous leurs secrets.

J'avais vingt-deux ans et la beauté du diable, comme on disait à l'époque. Les Laugier s'en inquiétaient d'ailleurs et ne souhaitaient qu'une chose, que je trouve un bon gars travailleur et aimant, rapidement, pour éloigner les faiseurs de cour.

Pourtant, il y en eut un plus malin que les autres. Il était beau comme un Dieu, ma chérie. Il dansait à merveille. Il était drôle, romantique et si sexy ! Il bouleversait tous mes sens et je me voyais déjà très bien traverser l'église pour m'unir à lui pour la vie. On danserait tous les jours et on construirait une jolie famille, pleine de têtes brunes, ai-je pensé.

Des promesses, il m'en avait faites. Les promesses restent des promesses, ma chérie, m'avait expliqué mon père. Je n'ai pas voulu l'écouter. Nicole m'encourageait d'ailleurs. Pour la première fois, elle s'intéressait à moi, pour mieux me voir quitter la maison je pense, avec le recul.

Et ça a continué des mois et des mois. Et je virevoltais comme un joli papillon espiègle. Et il m'a embrassé. Et je suis tombée enceinte.

Et il est parti. Eh oui ma chérie. Il est parti, sans se soucier de ce que j'allais devenir.

Madame Laugier a été fabuleuse. Elle ne m'a pas fait de remontrances. Elle m'a expliqué qu'elle ne voulait pas prendre le risque de le « faire passer », comme cela se faisait clandestinement à l'époque. Trop de femmes en mourraient. Il fallait me marier et d'urgence. Et il fallait que je quitte la maison, pour que personne ne me voit dans cet état et que la honte ne s'abatte sur moi et la famille.

J'étais anéantie. J'allais épouser un inconnu que je n'aimerais sûrement pas et j'allais quitter mes parents et ma vie, que j'aimais tant. Qu'est-ce que je m'en suis voulue ma chérie. Que j'ai été sotte de croire toutes les balivernes d'un beau ténébreux. Maman s'était mise dans la tête que je devais épouser un américain. C'était un avenir qui lui paraissait radieux pour moi. Elle alla partout en repérage. Dans les consulats et les restaurants universitaires, les cercles amicaux et les relais américains à Paris. Après avoir fait le tour, elle détermina les lieux où j'avais le plus de chances d'y rencontrer un homme bien.

Et elle eut raison. Quelques jours plus tard, et après avoir arpenté plusieurs lieux sélectionnés par Maman, je faisais la connaissance d'un charmant new yorkais venu terminer ses études à la Sorbonne. Mon physique et ma personnalité l'envoûtèrent rapidement. Je fus à lui et lui déclara ma grossesse à la fin du mois. Il promit de faire son devoir et le fit. Parce qu'il m'aimait aussi en vérité. Il m'épousa dans la petite église de Montrouge devant maman, papa, Nicole, quelques amis et certains de ses copains des bancs de fac. Et nous partîmes pour New York, parce que sa vie était là-bas. Sa vie et son avenir. Sa vie et la mienne.

Je quittais alors avec déchirement les Laugier et mon mari promit de les faire venir dans l'année. Et il le fit et mes parents vinrent à deux ou trois reprises jusqu'à leur décès.

Tu naquis officiellement avec six semaines d'avance. Pourtant, tout le monde s'étonna de te voir parfaitement finie. Tu n'étais pas la fille de ton père. Et il n'en a jamais rien su.
Il t'a aimée jusqu'à son dernier souffle, comme la seule petite fille qu'il ait eue.

Je ne te cache pas, que j'ai eu peur, quand nous n'avons pas réussi à avoir de second enfant, et qu'il voulut faire des examens pour comprendre. Il va deviner, me suis-je dit. Il va me répudier. Que vais-je devenir ?

Car ton père fut finalement un mari exceptionnel pour moi. Il n'y a pas eu de coup de foudre, ni de passion torride, mais il m'a plu physiquement, quand il s'est approché de moi la première fois.

Et c'était quelqu'un de bien et tu le sais. Il a toujours été un mari parfait et un père exceptionnel. Et dans ma malchance, j'ai eu une chance inouïe.

Et puis finalement, il n'a jamais rien fait. Ni examens, ni enquête. Il t'aimait tellement que tu suffisais à son bonheur de père. Rien ne lui manquait, et il abandonna l'idée de te donner un frère ou une petite sœur.

J'ai menti toute ma vie. J'ai menti pour préserver notre bonheur à tous les trois. J'ai menti pour protéger ton père qui ne méritait pas de connaitre la vérité, J'ai menti pour ne pas briser ce lien entre vous.

Mais je ne pouvais pas te laisser construire une famille sur un mensonge. C'est certainement égoïste, mais je me dis qu'après la colère tu trouveras certainement l'apaisement ma chérie.
Pardonne-moi.
Ta mère qui t'a toujours aimé plus que tout. »

Un silence pesant envahit les écrans. Paul n'a pas relevé la tête, n'osant affronter le regard de Mary.
Alain s'est rapproché de Mary, mais ne sait pas très bien par quoi commencer.
Mary, les yeux rougis, reste stoïque. Droite dans son peignoir.

« Merci Paul. Paul je vais te rappeler plus tard. J'ai besoin d'être seule.

— Oui, bien sûr Mary… Mary, je suis là bien sûr… Je suis là. »

Mary s'affale sur la chaise de bureau et ne dit mot. Alain non plus. Ils restent ainsi en pyjama et peignoir dans le plus complet mutisme de longues minutes.

Sophie termine d'inscrire l'adresse que lui ont donné les propriétaires du cinq rue des Grand-Champs, sur l'enveloppe jaune pale. Elle prend une feuille de papier de la même couleur et commence sa rédaction. Elle explique qu'elle recherche ses grands-parents, disparus pendant la guerre. Madame et Monsieur Marchelli. Sophie évoque l'enveloppe retrouvée dans la boite en carton qu'elle a écrite à l'époque, en y joignant quelques photos et documents. Elle termine en la suppliant de répondre à ses questions et en précisant que leur fille Laure, avant sa mort, a demandé à percer le mystère de leur vie et de leur disparition. Elle signe. Met le courrier dans l'enveloppe, la timbre et descend la mettre dans la boite aux lettres. Soulagée elle part dormir. Tout le monde est déjà couché depuis longtemps.

Il était …La fin du voyage

Claire est tellement désemparée, qu'elle décide d'appeler sa mère en premier, à sa descente du TGV en arrivant à Paris.

« Bien sûr ! Viens à la maison ma chérie, la porte est toujours ouverte. Je ne rentrerai que tard ce soir mais la concierge a une clef. Je vais la prévenir. »

Même aujourd'hui, devant mon désarroi affiché, elle trouve le moyen de me fuir, se dit Claire. Elle aurait pu annuler ses engagements, et accourir pour me prendre dans ses bras, mais c'est bien trop demander à son égoïste de mère. Elle est trop lasse, de toute façon, pour trouver une autre solution. Sa mère habite rue d'Alésia et ça lui va très bien pour y déposer toute sa peine.

Elle défait sa valise, se fait couler un grand bain, puis se met au lit pour oublier. Elle s'endort, épuisée.

Effectivement, sa mère rentre tard. Claire entend vaguement le bruit de la porte, des chuchotements, des petits rires coquins et identifie la voix d'un homme. Puis elle se rendort jusqu'au lendemain matin.

Les voix ont pris de l'ampleur. Il est dix heures, et sa mère signifie clairement à la maison qu'il est grand temps de se mettre en action.

Et puis, la discussion parait animée. On parle peut-être politique. Ou problèmes du monde. En tout cas, on discute avec passion dans le salon.

Claire prend le parti de survivre, et se décide donc à se lever. Elle enfile un pyjama et un tee-shirt et franchit le seuil de la chambre en direction du salon.

Elle s'arrête net en arrivant devant l'encadrement de la porte. Elle se dit que ces derniers mois la vie lui a appris à ne plus s'étonner de rien. Et pourtant.

Et pourtant la vie ne fait que lui réserver surprise sur surprise et celle-là est de taille.

C'est ce que se dit aussi, assis sur le sofa du salon … Paul.

Paul qui accueille sur ses genoux la tête de Claudia.

Celle-ci s'aperçoit du malaise d'ailleurs assez rapidement.

« Paul ?

— Claire…

— Vous vous connaissez ? »

Alors on verse le café dans les tasses, on ouvre un paquet de Petits Lu et on fait le point sur la situation présente.

Puis Claire quitte la table :

« Tu ne me demande même pas ce que je fais chez toi, seule et paumée. »

Sophie récupère le courrier comme chaque soir. Au milieu des lettres publicitaires et des factures, elle identifie vite une enveloppe personnelle.

Elle vient de Bretagne. Sophie, le cœur serré, l'ouvre avec frénésie.

L'ancienne voisine de Laure et Paul se souvient parfaitement de ces deux enfants qu'elle a certainement sauvés de la mort. Sa santé ne lui permet pas de l'appeler mais elle l'invite à venir lui rendre visite chez elle, à Perros-Guirec pour lui parler de ces années terribles. « Prévenez-moi de votre venue et je vous attendrai » a-t-elle conclu.

-« Éric ? » crie Sophie en franchissant le palier de la maison. « Éric ! Je pars demain pour la Bretagne. Je reviendrai demain soir. »

Elle prend bien sûr soin d'informer tout le monde de cette rencontre, et propose à chacun de l'accompagner. Après tout, c'est elle qui mène l'enquête quasiment en solo depuis le début.

Géraldine ne peut pas car c'est sa semaine « en enfer » et Claire n'en a pas le courage. Nicole s'est plongée dans le passé et Sophie se dit qu'elle ne lui servirait pas à grand-chose de toute façon.

Paul donne une conférence à Sciences-Po et ça l'arrange bien, pense-t-il secrètement. Il n'est pas prêt à un voyage dans l'enfance si violent, même pour Laure. Surtout maintenant qu'il retrouve un équilibre de vie sur tous les plans. C'est drôle se dit-il, en raccordant un seul maillon disparu, j'ai reconstruit la chaine dans son entier.

En retrouvant Laure, j'ai retrouvé une famille. En retrouvant enfants et nièce, j'ai trouvé un rythme professionnel me permettant de profiter des gens et des choses. En profitant de la vie, j'ai trouvé une femme d'exception qui accompagne chacun de mes moments de liberté. Un maillon... Une chaine.

Claire a fini par parler à sa mère. Celle-ci s'est excusée. « La course tu sais, la course. » Elle a dit à Claire que Fred reviendra. Que c'est juste une crise d'angoisse. Qu'elle doit lui donner le temps de s'apaiser... ou pas ! « Après tout ma chérie, si ton bonheur est avec un autre n'hésites pas... Suis tes instincts ! Suis la vie ! » s'est-elle mise à claironner tout à coup au milieu du salon.

Claire traine alors son malheur, en l'affichant outrageusement. Géraldine et Sophie tentent bien de l'associer à leurs sorties ou à leurs soirées, mais elles finissent par se lasser de trainer un corps à peine vivant. Fred a fini d'anéantir Claire.

« Tu ne veux pas rentrer à Miami ? » Lui suggère Géraldine.

« Après tout plus rien ne te retient ici.

— Plus rien ne m'attend non plus là-bas » répond-t-elle.

Claire n'a pas essayé de joindre Fred et Fred n'a pas tenté de retrouver Claire.

« Ça n'a pas de sens » pense-t-elle. « On s'aimait tellement fort. Je lui ai tout donné, tout prouvé... Est-ce qu'une fois de plus, j'aurais dépassé les limites ? Devrais-je un jour apprendre à refuser à l'autre ce qu'il attend de moi, à limiter mes preuves d'amour, à devenir égoïste pour garder un homme ? Mais enfin ! Est-ce si compliqué d'aimer simplement, sans se poser de questions ? »

À Aix, Fred continue ses activités, mais il n'est pas bien. L'autre jour, en croisant le maire, il a cru mourir. En se mouchant, il a ouvert la bouche pour reprendre son souffle, et a avalé un morceau de Kleenex. Pas un gros morceau, mais suffisamment important à ses yeux, pour qu'il en devienne livide.

« Vous vous sentez bien Fred ? » s'en est inquiété le maire.
Mais Fred a déjà imaginé ce petit morceau de coton traité, s'infiltrer dans ses poumons, et pourrir lentement jusqu'à l'abcès. Alors pendant 2 jours, il s'est remis à attendre la mort. Comme avant. C'est là qu'il a compris.

La pluie tombe en trombe à la descente de Perros-Guirec !

« Lou a raison ! La Bretagne est humide » se dit Sophie. Pour Lou, ces vacances sur les plages bretonnes restent mémorables. En témoignent les photos prises durant ces trois semaines de vacances bretonnes : Lou à sept ans en ciré au bord de la mer. Lou à sept ans en ciré au marché. Lou à sept ans en ciré en promenade dans les champs. Lou à sept ans en ciré à la pêche.

Sophie prend le premier taxi de la ligne, et donne l'adresse de l'ancienne voisine du cinq au chauffeur.

Elle arrive devant une petite maison blanche aux volets bleus bien accueillante. À travers la fenêtre. Elle aperçoit une silhouette. La vieille femme est là, sur son large fauteuil, recouverte d'un plaid tricoté, beige. Mais c'est sa fille qui lui ouvre la porte et l'accueille.
Elle lui offre une tasse de thé et elle s'assoit près de Madame Garraud.

Madame Garraud a préparé la venue de Sophie. Elle a passé la journée, hier, à trier ses souvenirs. Elle sort d'une petite boite des photos d'elle. Une belle jeune fille fraiche d'une petite vingtaine d'années.

« Vous voyez Sophie, je devais ressembler à cela, quand j'ai vu pour la dernière fois le couple Marchelli. J'avais à peine vingt ans et nous habitions sur le palier d'en face. »

Puis elle brandit une photo d'elle avec deux jeunes enfants à ses côtés.

« Me voici un peu plus tôt avec les enfants. C'est moi qui m'en occupait quand leurs parents s'absentaient. À vous dire vrai, je n'ai jamais posé de questions. Ils partaient parfois discrètement le soir et ne revenaient que très tard. Moi je m'occupais de faire diner les petits, de les mettre au lit et de leur raconter des histoires. C'étaient des enfants sages et bien élevés. Je les aimais comme des petits cousins.

Le reste des documents, vous les avez apparemment. C'est moi qui ai tout rassemblé pour les enfants. Pour qu'ils n'oublient pas … Pour que leurs parents vivent dans leur mémoire. »

« Que s'est-il passé ? » demande Sophie.

« La Gestapo est venue un jour. Oh ! Pas pour la première fois. Ces charognards avaient déjà raflé les Goldstein au troisième étage. Alors quand j'ai entendu frapper à la porte d'en face, lourdement, j'ai compris. J'ai regardé par l'œil de bœuf et je les ai vus emmener les Marchelli. Ils n'ont pas opposé de résistance. C'était trop tard. Ils sont restés fiers, entonnant « l'international » et soutenant le regard de ces lâches. J'aurais tellement voulu intervenir ma petite fille. Je me suis sentie si lâche derrière ma porte.

— Et alors ?

— Alors j'ai prié pour qu'on n'arrête pas les enfants. Je suis même allée à l'église allumer deux cierges. J'ai prié fort et longtemps. Quand je suis rentrée, j'ai remarqué de la lumière, sous la porte des Marchelli. J'ai frappé trois petits coups. J'ai attendu cinq secondes, puis j'en ai frappé deux autres. C'était un petit jeu entre nous.

Laure m'a ouvert la porte. Elle était à mille lieues de chez elle, de la vie, le regard vague. Paul était assis et attendait. Ils attendaient leurs parents, Sophie. Ils n'avaient pas idée de ce qui s'était passé chez eux quelques heures plus tôt. »

« Ils sont où nos parents ? » m'a demandé Laure.

« Je leur ai promis qu'ils reviendraient dans quelques jours, « mais là il fallait partir très vite » leur ai-je dis. J'ai fait un sac avec quelques affaires et un peu de nourriture. Je les ai cachés à la maison toute la nuit. Je ne voulais pas prendre le risque de braver le couvre-feu et nous mettre en danger. Maman et Papa n'en n'ont rien su. Je les ai mis dans ma chambre et leur ai fait des petits lits de fortune avec mes coussins et quelques vêtements. J'avais pris l'habitude de fermer ma chambre la nuit, pour ne pas que les sorcières rentrent. Depuis toute petite. Et c'était devenu une tradition. Donc personne n'est venu nous déranger.

Le matin, j'ai prétexté, à travers la porte, des règles douloureuses, pour me lever plus tard, et rejoindre la couturière de la Place de la Nation, que j'aidais chaque matin.

Et puis une fois seule, je les ai préparés, et nous sommes partis. Tous les trois. Je leur ai dit qu'on devait donner l'impression de faire une promenade dans Paris. Je les ai emmenés à la Croix-Rouge en expliquant à la dame qui nous a accueilli ce qu'il s'était passé. La première chose qu'ils ont vérifié, c'est qu'ils n'étaient pas juifs. Quelle horreur. À quoi le monde en était réduit, je vous jure ma petite fille.

Et je les ai quittés, en leur disant qu'ici on allait s'occuper d'eux, le temps que leurs parents reviennent.

Trois jours après, on les a transférés et on a refusé de me dire où. Je n'étais pas de la famille. Je ne les ai plus jamais revus. Que sont-ils devenus ? »

Sophie résume le parcours de chacun, jusqu'à ces retrouvailles à Paris, il y a quelques mois.

« Quelle tristesse. Ils ont été séparés toutes ces années. Dites au petit Paul, que s'il passe par chez moi, ça me ferait plaisir de le revoir.

— Madame Garraud, que savez-vous des Marchelli.

— Ils étaient arrivés quelques années auparavant. D'Italie. Dans l'immeuble, on disait qu'ils étaient communistes. Qu'ils fricotaient avec la Résistance. Je l'ai compris quand ils sont venus les arrêter. Ma mère, une femme très pieuse, qui avait les communistes en horreur, disait que Paul et Laure n'étaient de toute façon que des bâtards. Elle a toujours sous-entendu que les Marchelli n'étaient pas leurs parents.

Sophie s'arrête un instant sur la dernière phrase de ce long témoignage. Mais qui sont Laure et Paul ? Ce matin elle pensait trouver les derniers morceaux du puzzle auprès de leur ancienne voisine. Et la voilà – peut-être - face à un nouveau rebondissement de taille. Cette histoire ahurissante n'en finit pas de sursauter. Voilà que maintenant Paul et Laure ne seraient pas les enfants des Marchelli.

« Comment ça Madame Garraud ? Qu'est-ce que cette histoire d'enfants non légitimes ?

— Attendez ! J'ai quelque part des lettres qui pourraient vous aider. »

Madame Garraud se remet à fouiller dans la boite.

« En vérité, après avoir déposé les enfants à la Croix-Rouge, je suis retournée le jour même dans l'appartement des Marchelli. Très vite. J'avais peur je l'avoue. J'ai récupéré les photos et trouvé très facilement les passeports. J'ai tout mis dans l'enveloppe avec ce petit message et apporté le tout à la Croix-Rouge en suppliant qu'on le leur remette. En tout cas quelqu'un leur aura fait passer cette enveloppe.

— Pas vraiment. Nous l'avons retrouvée chez les parents adoptifs de Laure.

— Que je vous raconte. Le lendemain j'ai eu envie d'y revenir, pour voir si je ne pouvais pas retrouver d'autres éléments. J'ai trouvé dans la chambre de Laure des lettres d'enfants. Elles étaient signées d'une cousine, guère plus âgée qu'elle. C'était adorable, alors je les ai conservées. Puis j'ai trouvé encore des photos et quelques dessins des enfants. Je me suis dit que je ne retournerai pas à la Croix-Rouge, et que je conserverai ces souvenirs pour plus tard. Quand les enfants rentreraient. Un jour.

— Et ?

— Voici ces lettres. Il y a une adresse, sur les courriers de cette petite cousine. Un village en Italie je pense. Regardez ! »

Oui il y avait bien une adresse dans une ville appelée Miglio di Po, quelque part en Italie…

Sophie accuse le coup. Le voyage, la pluie, les révélations l'ont épuisée. Elle termine son thé, remercie du fond du cœur Madame Garraud, qui cherche à la garder pour le déjeuner. Elle se lève, s'excuse et reprend le taxi jusqu'au petit centre-ville.

La pluie s'est arrêtée et Sophie fait quelques pas. Elle entre dans un magasin de pêcheur, achète deux petits cirés jaunes pour les garçons et reprend le train pour Paris.

Bercée par le roulis du train, elle s'endort bientôt et ses rêves sont peuplés d'une multitude de personnages. Madame Garraud joue à la corde à sauter avec Sophie. Paul se fait poursuivre par les Laugier, qui viennent de quitter les Bloch. Laure a soixante-quinze ans et menace Nicole de la priver de glace.

Patricia et Alexandre ont imprimé leur faire-part.

Le mariage est prévu le treize septembre. La cérémonie religieuse se passera dans la cour, où sera montée une grande tente translucide. La réception aura lieu un peu plus tard, à l'intérieur entre les pierres et le toit de verre, ouvert sur les étoiles. Patricia veille à chaque détail. Alexandre ne pense qu'à la célébration de son union. L'un comme l'autre vivent au rythme de ce mariage qu'ils auraient dû célébrer bien avant. À mille lieux de l'enquête de Sophie, ils savourent les préparatifs.

Fred ferme la porte avec difficulté. Non, il n'est pas en grande forme et il a l'impression que son corps se gangrène, petit à petit. Il a son billet pour Paris en main. Il est inquiet.

Il a eu Sophie en ligne, qui lui a dit que Claire réside actuellement chez sa mère. Sophie n'a pas voulu donner de détails précis sur l'état de son amie. Fred n'a d'ailleurs rien demandé.

« Ne lui fait pas de mal » a juste conclu Sophie avant de raccrocher.

Quand il sonne à l'adresse indiquée, elle n'est pas là. C'est sa mère qui l'accueille, charmante, lui précisant qu'elle attend d'une minute à l'autre son ami pour ressortir mais lui propose de prendre place sur le divan en attendant le retour de Claire.

« Vous êtes venu chercher quoi Fred ?

— Claire.

— Pour quoi faire ? Vous lui avez brisé le cœur une fois. Je ne vous laisserai pas recommencer. Je ne comprends déjà pas qu'un homme puisse causer autant de dégâts. Enfin, qu'une femme laisse un homme la mettre dans cet état…

— Je ne lui ferai plus jamais de mal.

— Des promesses mon cher Fred, j'en ai tant entendu … La nature de l'homme est ce qu'elle est, et ne croyez pas que j'ai pour autant rendu les armes, puisque je vis actuellement une belle histoire d'amour. Mais on va dire que les exceptions portent bien leur nom.

— Je n'ai rien à prouver, je n'ai rien à vendre. Je veux juste repartir avec elle… »

La sonnette de la porte interrompt la discussion en passe de devenir une tribune féministe pour Claudia

« Fred, allez ouvrir s'il vous plait, c'est mon rendez-vous ! J'enfile en vitesse une paire de ballerines… »

Fred se dit que cette femme est totalement givrée. Socialement pas désagréable, mais pour une fille, cette mère doit être un fardeau pesant.

Il ouvre. Et voit Paul.

« Paul ?

— Fred ?

— Tu viens voir Claire ?

— Non, sa mère » sourit-il, avant d'embrasser Claudia, qui vient de pénétrer dans le salon, chaussée de ballerines roses.

— Attendez-la chez moi Fred. Elle ne va pas tarder. Elle ne sort jamais très longtemps en ce moment. »

La clef tourne dans la serrure. Claire s'étonne de voir le salon en pleine lumière. Elle s'étonne plus encore de trouver Fred sur son sofa.

« Je n'irai pas seule en Italie » tempête Sophie. « Je me sens complètement abandonnée dans ces recherches. » Sophie en a fait part à Géraldine et Claire au téléphone et envoyé un email aux autres. Si personne ne l'épaule, elle laisse tomber l'enquête. Entre son travail, ses enfants et la maison, sa vie est devenue un véritable cauchemar depuis quelques jours. C'est Géraldine qui sera du voyage avec Sophie. Elle décide de sacrifier quelques jours de sa semaine en amoureux, pour l'accompagner.

Miglio di Po est une petite commune du Nord de l'Italie qui compte quelques huit mille âmes. C'était déjà le cas lors du recensement de mille-neuf-cent-un. Autant dire que cette petite cité, qui vit de l'artisanat et d'une économie reposant sur de petites entreprises, n'a aucun intérêt. Quelques auberges se sont ouvertes récemment avec la construction d'un parc. Point.

« J'emmène quoi comme chaussures ? » demande Géraldine à Sophie, venue la chercher, pour attraper le train de nuit.

— Je ne sais pas, prends les Saint Laurent marron !

— Tu crois ? Trop chics, non ? »

Sophie oscille souvent entre le fou-rire et la crise de désespoir avec Géraldine. Elle finit par foncer dans le dressing de la blonde incandescente, en ressort une paire de baskets roses à brillants noirs et une paire de Hunter kakis

« Tu n'as pas autre chose ? » se hasarde Sophie.

— Si ! Les mêmes en zébré rouges et noires.

— On va garder ma première sélection alors."

L'arrivée à Miglio di Po aurait mérité de figurer en bonne place dans le récit de la vie trépidante de Géraldine. La belle blonde s'attendait à mettre ses pas dans ceux de Fellini et arriva triomphante, dans une ville déprimée et déprimante, qui n'avait tout bonnement aucun charme. On les remarqua bien sûr, et elles eurent le sentiment d'être une proie de choix pour la gente masculine de la ville. Une fois installées dans leur petite chambre, elles se reposèrent avant de chercher Marcella Marchelli. « Mon Dieu, quel nom ! » pensa Géraldine. Comment peut-on tellement en vouloir à sa fille d'être née pour lui coller à vie un tel fardeau !

Le sujet « Marcella » n'a pas été bien long à localiser. À Miglio di Po, tout le monde connaissait tout le monde. « Comme à Miami » se dit Géraldine. Au café de la place, on connaissait bien Marcella. Une femme de caractère, qui avait enterré deux bonhommes déjà ! Et elle n'avait que 77 ans. Alors, à Miglio di Po, les hommes fuyaient quand ils la voyaient.

« Si on s'en sort vivante, je jure d'emmener les enfants deux jours à Disneyland » promet Sophie dans un sursaut d'optimisme.

Fred ne s'éternise pas. Faire long ne sert à rien. Il explique à Claire ses freins, ses peurs et ses angoisses. Il lui raconte surtout qu'il est retombé malade depuis son départ. Non pas parce que son infirmière préférée n'était pas à ses côtés, mais surtout parce que l'amour l'avait quitté. Il a compris qu'il a vécu jusqu'à sa rencontre avec elle, une vie sans amour, sans sentiments forts et c'est ce manque qui a créé toutes ses névroses pendant de si longues années. Avec Claire, la vie est devenue lumineuse et il ne s'en est même pas rendu compte. Il n'a pas fait le lien, aveuglé par ses craintes.

Sans un mot, il sort de sa poche une belle émeraude, et lui demande de devenir sa femme.

Claire sait désormais que sa vie prend un tournant nouveau. Enfin.

Marcella habite une ferme cossue, au bout d'un chemin boueux. Géraldine ne regrette pas d'avoir chaussé ses bottes de pluie… Hors de prix. Sauf qu'elle avait prévu de les inaugurer sur le bitume des Champs-Elysées et pas sur les chemins de terre de Miglio di Po.

Marcella est dans son potager, en train de retourner la terre. Cette forte femme, aux joues couperosées, n'inspire pas un sentiment d'accueil bienveillant. Sophie et Géraldine prennent le parti de ne pas se fier aux apparences. Les italiens ne sont-ils pas réputés pour être des gens conviviaux ?

Finalement, il aurait fallu se fier aux apparences. Apercevant les visiteuses au loin, Marcella quitte son lopin de terre et part s'enfermer chez elle.

Sophie fait le tour de la maison, et trouve Marcella attablée dans la cuisine, en train de découper un lapin. Cette amie des bêtes, pourtant au bord de l'évanouissement, fait fi de son dégout et tapote à la vitre.

« Madame Marcella, nous sommes là en amies... Nous voulons vous parler de Laure. Laure Marchelli. Nous ne serons pas longues. Si vous pouviez délaisser quelques minutes le cadavre sur lequel vous vous acharnez... »

La vieille femme n'a pas compris un traître mot prononcé par Sophie, mais a immédiatement réagi au nom de Laure Marchelli.

Elle se lève brutalement, traverse la maison, sort vers la grange chercher un grand brun, et invite les filles à la suivre à l'intérieur.

« Madame Marcelle ne parle pas français. Je vais faire la traduction » explique le grand brun. « Mais elle demande, qui vous-êtes ? »

Alors Sophie d'expliquer toute l'histoire et Géraldine d'acquiescer de la tête.

Marcella écoute, le sourcil froncé.

Après de longues minutes de monologue, Sophie se tait et Marcella entreprend alors son propre récit :

« Lucien Marchelli était le frère de mon père. Avant la guerre, la vie était dure ici. Cette région de l'Italie n'a jamais été vraiment très riche. Alors il décida de partir pour la ville. À Venise, il fit quelques petits travaux et y rencontra une touriste française, Rosa. C'est elle qui le ramena à Paris, et bien sûr il fut ravi de cette opportunité. Rosa venait d'une belle famille française aisée et avait quelques biens comme un appartement à Paris. Ils se marièrent simplement, et civilement, et commencèrent à s'intéresser à la politique. Puis vint la guerre. Rosa perdit un premier enfant et fit par la suite deux autres fausses couches. Alors quand ici, à Miglio di Po, une petite jeunette se fit engrosser à seize ans par le fils du boucher, on proposa à Rosa d'adopter l'enfant pour éviter les scandales. Giovanni vint chercher l'enfant de nuit, et le ramena à Paris. Rosa l'appela Paul. C'était un bébé plein de vie, et le couple fut comblé. Je n'ai pas vraiment de souvenir de cette histoire, mais ici à Miglio di Po, ce qui fait partie de la vie de ton voisin, fait partie de la tienne. C'est donc de notoriété publique. Quelques mois plus tard, un drame a endeuillé la commune. Angelo et Sophia avaient trop bu. Angelo n'a pas discerné dans la pénombre, l'arbre sur la route qui les ramenait à la ville. Ils ont été tués sur le coup. La petite Léa les attendait avec sa grand-mère à la maison. Ce bébé de cinq mois n'avait plus de parents, mais ne le savait pas.

Rosa demanda à s'en occuper. La grand-mère refusa d'abord, mais ici au village, tout le monde la convainquit que l'enfant serait bien mieux chez un jeune couple aisé à Paris, que dans ce patelin que tout le monde rêvait de fuir. »

Marcella n'a pas fait de pause. Ou plutôt si, après chaque phrase pour laisser le grand brun traduire chacune d'elles.

Sophie et Géraldine n'ont pas interrompu ce récit. N'ont posé aucune question.

Elles viennent d'apprendre que non seulement les Marchelli ne sont pas les parents de Laure et Paul, mais qu'en plus Laure et Paul ne sont pas frères et sœurs.

Sur le chemin du retour, en descente des chemins de boue peu engageants, Sophie et Géraldine restent silencieuses.

« Je pense qu'on en a appris suffisamment » estime Sophie. « Je n'irai pas plus loin dans mes recherches. J'ai remué le passé, et il ne m'appartient pas vraiment. En fouillant la vie de Laure et de mon père, j'ai accédé aux secrets de famille. En avais-je le droit ? Et maintenant ? Que vais-je en faire ?

Est-ce qu'inconsciemment j'ai fondé une famille stable sur ces ruines ?

On ne nait pas neutre. On ne nait pas à zéro. Et on ne meurt pas en emportant dans sa tombe son histoire. On est un morceau de la chaine qui va de moins l'infini à plus l'infini.

On arrive dans ce monde avec le passé de ses ancêtres, leurs mémoires et leurs quêtes, leur vécu, leurs bonheurs et leurs drames et on les transmet à nos enfants et aux générations futures. On ne nait pas neutre. On trimballe des valises d'inconscients, de doutes et de regrets. On pense que la mort remet les pendules à zéro. C'est faux. On lègue à notre descendance ces mêmes valises qu'on aura alourdi de nos propres expériences, tout au long de la vie. Alors il faut travailler fort pour se débarrasser des vieux démons. Pour vivre sa vie, sans le poids du passé, et pour ne pas transmettre à nos enfants la mémoire encombrée que l'on a nous-mêmes reçue.

Sophie va rentrer à Paris, retrouver ses esprits, mettre sur papier toutes ces confidences et passer à autre chose. Elle va revivre au présent et penser au futur. Ces dernières semaines, ce voyage dans le passé l'a ébranlée. Certes elle a gagné en réflexions, et fait de belles rencontres, mais elle a également pris de plein fouet tous les doutes, les peurs et les angoisses familiales. Il faut faire le deuil et évacuer.

À New York, Mary a beaucoup de mal à se remettre de la dernière lettre de sa mère. Ce père qu'elle a toujours vénéré n'était pas son père. Son vrai père n'était qu'un petit donneur de sperme à la semaine, un charlot aux sapes parfaites et au sourire charmeur. Quelle horreur. Je suis la fille d'un être vil et lâche. Je ne suis la fille de personne.

« On est l'enfant de celui qui nous élève, nous chérit, partage nos pleurs et nos fous-rires. On est l'enfant de celui qui nous donne l'amour paternel dont on a tant besoin pour grandir. Tu as eu un père extraordinaire Mary. Et tu n'en as pas eu d'autres. » la rassure Alain

« Le plus dur c'est de ne pas pouvoir lui en parler. Lui demander des explications et comprendre d'où je viens finalement » répond Mary en se blottissant dans les bras de son homme.

Les filles ont pris le premier train se présentant en gare. Pour échapper à Miglio di Po, à la misère de ces vies, au voyeurisme de cette histoire dont elles auraient préféré ne pas connaitre le dénouement.

Géraldine et Sophie se quittent brièvement à la descente du train. Sophie se précipite chez elle. Il lui faut partager pour évacuer. Tout est pour l'instant comprimé dans sa poitrine. Elle étouffe.

À cette heure-là, Éric doit promener ses toiles et ses pinceaux quelque part et les enfants ne sont pas rentrés de l'école.

« Parfait » se dit-elle. « J'ai besoin d'être seule. »

Au-delà des étoiles

« Chers tous,

Je ne sais plus ce que vous savez et ne savez pas. Ces derniers jours ont été très denses comme vous l'imaginez. Je suis arrivée aujourd'hui au bout de ma mission. Si certains d'entre vous veulent creuser plus encore l'histoire de Laure et Paul, je leur communiquerai volontiers les noms de mes contacts, mais personnellement, j'estime être allée assez loin, trop loin peut-être. Je ne m'attendais pas à découvrir autant de vérités. Je vous l'avoue. J'estime avoir dépassé les limites raisonnables en m'attaquant à un passé que je n'aurais jamais dû connaitre finalement. Laure s'est trompée. Elle seule avait la légitimité de découvrir son histoire. Et Paul s'il le désirait. Nous n'avons été que les témoins voyeurs d'une vie passée qui ne nous appartient pas et que je vais vous livrer. Chacun d'entre vous peut m'appeler bien sûr. Mais pas aujourd'hui, j'ai besoin de tenter de me reconstruire, au moins pendant les prochaines vingt-quatre heures.

En fouillant dans la boite de souvenirs des Laugier, je suis donc tombée sur le passeport de Giovanni avec sa dernière adresse. Et un nom, celui d'une voisine peut-être ou d'une amie. J'y suis allée, et j'ai sonné à tous les interphones, pour trouver trace de cette personne, en m'accrochant au hasard et à ma chance. J'ai trouvé le couple qui avait acheté l'appartement à cette femme, dix ans plus tôt. Ils m'ont donné ses coordonnées en Bretagne et j'y suis allée. Elle avait retrouvé des courriers d'une petite cousine italienne de Laure. J'ai donc pris le train avec Géraldine, pour aller à sa rencontre, si toutefois elle était encore en vie.

J'ai rencontré cette femme qui m'a raconté le départ des Marchelli pour la France et l'incroyable vérité de Laure et Paul.

Chacun d'eux est un enfant adopté par le couple. Ils ne sont ni frère, ni sœur »

Le reste ne m'appartient plus.

Je vous laisse contacter l'avocat pour lui faire part de ces recherches.

Je vous embrasse

Sophie »

Cet email a fait l'effet d'une grenade à fragmentation. Elle a explosé en mille morceaux aux quatre coins du globe. À Paris, à New York, à Miami.

Elle a tout dévasté sur son passage. Et a laissé les victimes inertes et sans voix.

Personne n'a été capable appeler l'autre.

Paul n'a pas trouvé meilleur refuge que les bras de Claudia. Il pleure longuement au creux de ses seins.

Nicole réalise que sa sœur a été deux fois adoptée, une enfant trimballée de bras en bras. Nicole, qui n'a jamais su apprécier d'être l'enfant légitime de la famille.

De son côté, Alexandre sent une grande souffrance l'envahir. La sienne ? Celle de son père ? Celle qui se dégage du courrier de Sophie ?

Blottie dans son fauteuil, Mary se dit que la vie est finalement un éternel recommencement, et qu'elle brisera la chaine en épousant Alain et en lui donnant de beaux enfants.

Personne n'a la moindre envie d'appeler quiconque, car chacun doit faire le deuil de cette histoire, à sa façon.
Et c'est ce que chacun décide alors.

À bout de larmes, Paul a finalement besoin d'en parler à ses enfants. Il les appelle à tour de rôle et engage une longue et douloureuse discussion. Sophie respire alors. Alexandre est rassuré. Et Paul retrouve une certaine sérénité.

Laure a chamboulé les vies de chacun plus qu'elle ne l'avait imaginé. En voulant léguer son histoire, elle ne savait pas ce que ses enquêteurs allaient trouver.

À moins que de là-haut, elle en ait eu secrètement les clefs…

Lou est rentrée d'un entretien avec un magazine français, qui cherche des pigistes. Le rédacteur en chef a été imbuvable, pédant et pompeux. « Rien de bon ne sortira de cette rencontre » a-t-elle pensé au bout de cinq minutes.

En allumant son ordinateur, elle découvre le message ahurissant de Sophie.

« Magnifique ! » se réjouit-elle. « Je n'aurai imaginé meilleure inspiration pour mon roman. Je vais m'y mettre de suite ! »

À peine attablée à son bureau, Bethsabée apparait discrètement dans l'encablure de la porte.

« Je peux te parler Maman ?
— Toujours chérie. Qu'est-ce qui se passe ?
— Je ne vais pas partir Maman. Je réalise que j'ai créé un climat malsain dans cette maison depuis plusieurs semaines.

Si je pars, je t'attriste et tu en voudras toujours à Papa de ne pas t'avoir laissée me suivre.

Si vous décidez de me suivre, je vous force la main – sans que ce soit ma décision pour autant – à changer de vie, sans savoir ce que vous allez trouver là-bas.

Et puis plus j'y réfléchis, plus je pense ne pas être prête à vivre encore loin de vous tous. Avec qui vais-je me fâcher ? Qui va devoir contenir mes fureurs et mes colères ? Sur qui vais-je passer mon mauvais caractère ? Et puis que va faire Prune sans moi ? »

Pour toute réponse, Lou serre si fort Bethsabée dans ses bras, qu'elle en perd le souffle.

« Prends une douche ! Ce soir on va diner dans ton restaurant préféré ! »

Cette année fut une année décisive pour tous

Cette année, on a enterré Laure. On a célébré le mariage de Patricia et d'Alexandre. Celui de Mary et Alain. Celui de Claire et Fred.

Cette année, trois couples ont accédé au bonheur grâce à Laure.

Cette année Lina a mis fin à vingt ans d'errance et d'erreurs.
Et Lou a écrit son premier livre. Enfin.

Cette année, Mary a fait le tri dans les affaires et les souvenirs de sa mère… Et a mis le tout dans une grosse valise noire à nœuds roses.

Made in the USA
Middletown, DE
15 February 2020